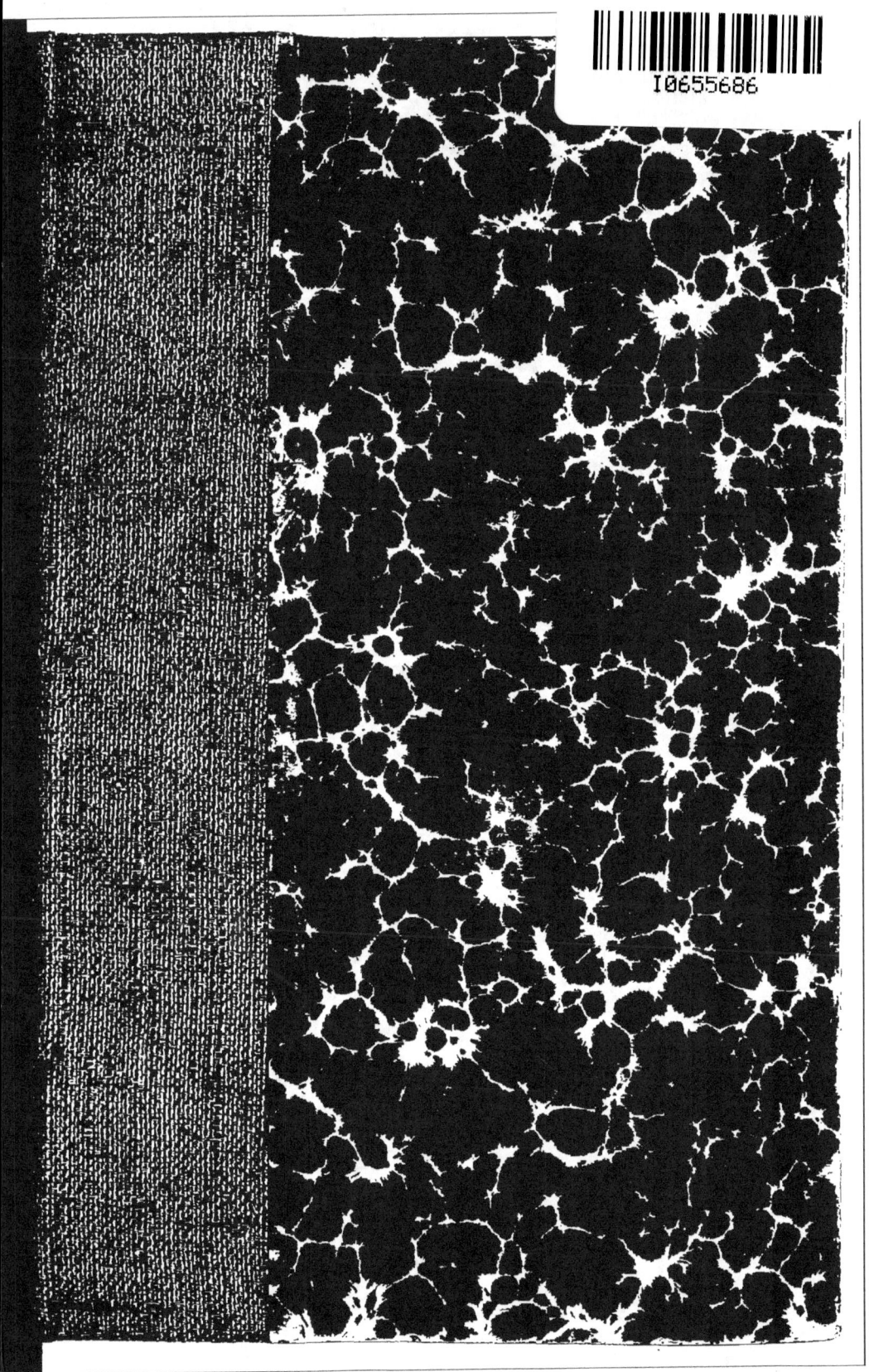

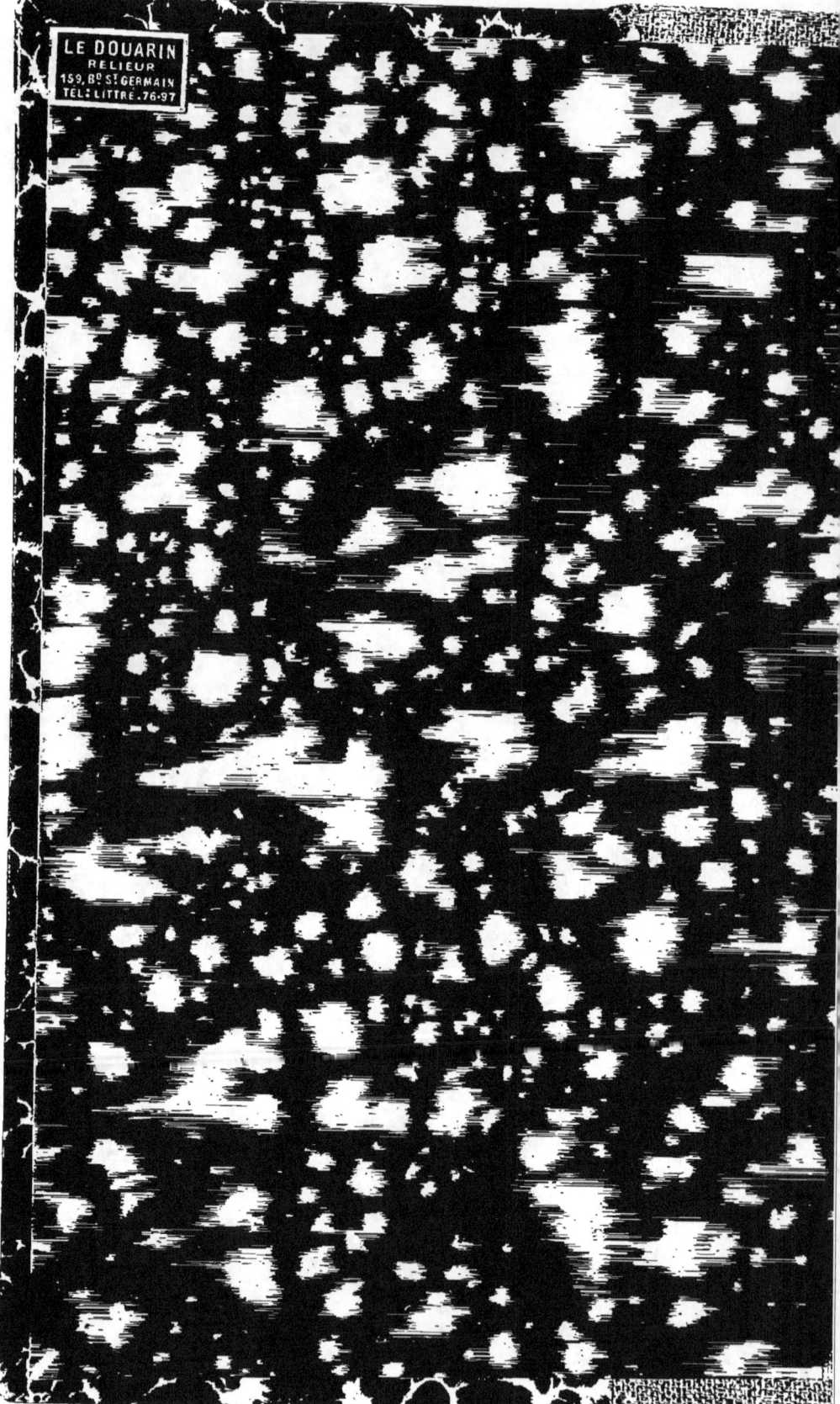

BIBLIOTHÈQUE CONTEMPORAINE

JULIETTE LAMBER

JEAN

ET

PASCAL

PARIS

CALMANN LÉVY, ÉDITEUR

ANCIENNE MAISON MICHEL LÉVY FRÈRES

RUE AUBER, 3, ET BOULEVARD DES ITALIENS, 15

A LA LIBRAIRIE NOUVELLE

1876

JEAN ET PASCAL

CALMANN LÉVY, ÉDITEUR

OUVRAGES

DE

JULIETTE LAMBER

Format grand-18.

Paris. — Imp. J. CLAYE. — A. QUANTIN et Cᵉ, 7, rue Saint-Benoît [821]

JEAN

ET

PASCAL

PAR

JULIETTE LAMBER

PARIS

CALMANN LÉVY, ÉDITEUR

ANCIENNE MAISON MICHEL LÉVY FRÈRES

RUE AUBER, 3, ET BOULEVARD DES ITALIENS, 15

A LA LIBRAIRIE NOUVELLE

—

1876

Je dédie ce livre à la jeunesse française, sachant qu'elle a comme moi des haines nationales et l'amour passionné de la Patrie.

JULIETTE LAMBER.

Paris, le 14 mai 1876.

JEAN ET PASCAL

JEAN LALANDE A PASCAL MAMERT,

LIEUTENANT D'ARTILLERIE.

École d'application à Fontainebleau.

Paris, le 17 septembre 1875.

Mon pauvre Pascal,

Comment t'annoncer la triste nouvelle d'une fête? De quelle éloquence ou profane ou sacrée dois-je me servir pour te décider à y assister? Par quels arguments te prouver que ta présence est indispensable?

Ma jolie sœur m'ordonne de t'écrire tout simplement : « Viens! » Elle compte bien plus,

1

dit-elle, sur ton affection que sur ta galanterie, qu'elle semble disposée cependant à mettre
en cette circonstance à quelque rude épreuve.

Te voilà donc prié d'honorer de ta présence
les bal, divertissement et souper, qui seront
donnés le dimanche 19 courant à nos camarades de polytechnique et d'application, pour
fêter ton succès et le mien. Ceux qui ont de la
gaieté en apporteront. Je ne dis pas cela pour
toi! Autant comme premier sorti tu as le
droit d'être grave et solennel, autant comme
quatrième j'ai celui d'être en belle humeur et
joyeuseté.

Madeleine et ses amies arboreront la cocarde
française pour te réjouir les yeux, cher exilé
de notre Lorraine.

Ma mère, qui te niait volontiers, convient
en boudant un peu que je ne surfaisais pas
ton mérite.

Je suis ton ami et tu es le mien, ce qui est
beaucoup plus étonnant.

Donc sois des nôtres, Pascal. Ma sœur et

moi t'en supplions. Délaisse un instant pour nous ta chère solitude. Si tu acceptes notre invitation, Madeleine te promet de faire la semaine prochaine cette excursion à la Gorge-aux-Loups que nous projetons depuis si long-temps.

Je t'offre le meilleur de mon cœur.

JEAN.

LE MÊME AU MÊME.

Paris, 21 septembre.

Qu'est-ce? Qu'y a-t-il? Puisque tu étais
venu, pourquoi nous as-tu quittés aussi brusquement au milieu d'une fête dont tu étais le
héros, qui réunissait mes camarades et les
tiens, nos professeurs, et généralement ceux
pour qui un Premier est un personnage qu'on
félicite. Nous t'avons attendu hier toute la
journée en écriture ou en personne. Pas une
ombre, pas un billet de toi! Tu n'as que deux
excuses pour expliquer, pour justifier ton
inexplicable, ton injustifiable fuite : un duel
ou un suicide! Dans le premier cas je devais

être ton témoin ; dans le second... je te pardonne ! Tu es donc un homme mort, ou sinon !...

En attendant que je te conduise à ta dernière demeure avec les tambours qui te sont dus, prends la peine de donner un prétexte à cette disparition subite.

Tout le monde présent savait dimanche que moi-même je ne dois mon admission en bon rang qu'à toi, à tes conseils, au soin que tu as pris de compléter mes études par tes leçons. Ma nature est, je le confesse, plus légère que solide, plus gouailleuse qu'appliquée, et il n'a fallu rien moins que tes sermons, que ta patience, pour m'obliger à travailler.

Notre fête, dimanche, était donc ta fête à toi. On l'a bien vu après ton départ. Les hurrahs boîtèrent, clochants, dès que j'y répondis seul. La place d'honneur au souper fut occupée par une chaise vide, car on ne put croire jusqu'à la fin que tu ne reviendrais pas.

« Il est empoisonné, disaient les uns, et, pour n'effrayer personne, il est allé lui-même se faire administrer un contre-poison.

— Il avait un rendez-vous, disaient les autres, son rival inexorable l'a surpris, l'a tué, l'a enterré. »

Nous avions beau être stupides, nous ne pouvions plus être gais. Tu me manquais, et par contre-coup je manquais à nos jeunes amis. Tu as fait de moi un joli maître de maison !

Ma mère, froissée, a parlé de mauvaise éducation. Madeleine, singulièrement agitée, enfiévrée, nerveuse, nous a prouvé que certaines qualités exceptionnelles d'intelligence correspondaient à un certain défaut de cœur. Pas mal de nos amis, très-bons garçons, déclarèrent que l'observation était plus que juste. Moi, tout simplement, je t'envoyai au diable !

Voyons, Pascal, dis-moi, que t'avons-nous fait ? Tu as souffert de quelque chose ? Ne sais-tu pas à quel point je te suis attaché, quel prix a pour moi ta confiance? Ne pouvais-tu me parler sur l'heure? Faut-il que j'aille à Fontainebleau? Écris-moi, je t'en conjure. Le quatrième te vaut, monsieur le Premier, quand il s'agit de dévouement, de tendresse.

Tout à notre amitié.

JEAN.

PASCAL MAMERT A JEAN LALANDE.

RUE DE LUXEMBOURG, A PARIS.

Fontainebleau, 23 septembre.

Il m'a fallu deux jours, mon cher Jean, pour me rendre un compte à peu près exact de l'étrange, de l'irrésistible puissance qui m'a entraîné l'autre soir hors de chez toi, et m'a, pour ainsi dire, jeté dans la rue.

Tout d'abord, je demande pardon à ta mère de mon inconvenance. Fais-lui mes excuses de vive voix, car tu ne liras cette lettre à personne. Je reconnais, en outre, avoir mérité l'accusation de Madeleine. Oui, j'ai paru manquer de cœur ; peut-être même, de certaine

1.

façon, en ai-je manqué, et c'est à ce propos,
sur ce point, que je me suis le plus interrogé.

Lorsque je vous quittai, je croyais bien
revenir. Une fois descendu, le bruit de vos
rires, les sons du piano, ces chants dont vous
accompagniez vos danses, m'ont poursuivi et
chassé. Je me suis senti tout à coup accosté,
saisi, étranglé par une émotion poignante,
presque tragique. Le chagrin s'est emparé de
moi sans que je pusse lui reconnaître une
forme. J'étais harassé, comme si les fatigues
de mes veilles laborieuses avaient voulu m'accabler toutes à la fois. Le but atteint, visible,
que je touchais du doigt un moment plus tôt,
cette carrière militaire dans laquelle j'entrais
brillamment, tout cela se ruinait, devenait
poussière et disparaissait. Une sorte d'écroule-
ment se fit en moi !

A mesure que je m'éloignais de ta maison,
ma vie passée la plus lointaine se déroulait
devant mes yeux comme en dehors de moi-
même. Mon enfance marchait, grandissait

là-bas, dans un village de Lorraine, à la fron-
tière. Je savais à peine courir seul que déjà je
jouais au soldat ; à peine rêver que je rêvais
d'ennemis allemands ; à peine comprendre que
j'écoutais fiévreusement les légendes des
guerres du Rhin.

Dans ma famille on est militaire ; nul ne me
demandait ni chez moi, ni ailleurs, ce que je
ferais un jour, quels goûts j'avais. Le maître
d'école, mes camarades, nos voisins, ma mère,
un oncle amputé d'un bras, colonel en retraite,
qui m'aimait fort, me disaient : « Quand tu
seras à l'armée. » Quand je serai artilleur !
pensais-je.

A trois ans j'avais vu passer des canons dans
la grande rue de mon village. Le souvenir du
bruit étourdissant des caissons et du bronze
sur le pavé me donnait une sorte de vertige
qui exaltait mon jeune cerveau, et j'ambition-
nai alors de commander à cet orage, de le
traîner derrière moi.

Je fus mis au collége, à Metz, et j'y travaillai

dans un but unique : entrer à l'École d'application d'artillerie. Tu m'as connu, Jean, à la fin de mes classes. J'étais déjà un piocheur, un sauvage, un sérieux. J'avais l'idée fixe de la guerre, d'une invasion. Je connaissais l'Allemagne, les Allemands. Ma haine était telle alors que nos malheurs n'y ont point ajouté. Ai-je discuté avec vous les conséquences néfastes de la victoire prussienne à Sadowa? Y ai-je lu l'arrêt de notre destin? A force de vous moquer de mes craintes, vous m'aviez obligé à les raisonner davantage, à lire les journaux allemands, les nôtres, à m'instruire, à m'éclairer sur notre état politique. J'en remontrais, tu te le rappelles, à notre jeune professeur d'histoire. J'amassai en moi une passion violente, jalouse, irritable, ardente, presque frénétique de la patrie.

Toi seul, Jean, avec ton caractère aimable, tu te pris de curiosité pour ce voyant, pour cet absorbé, si triste et si sombre.

Après la déclaration de guerre, à notre

première défaite, tu me compris, et tu fis d'une affection demi-bienveillante un amour fraternel.

Nous avons pleuré les mêmes larmes de sang. A moitié préparés pour l'École polytechnique, nous nous sommes engagés tous les deux pour la durée de la guerre, à dix-sept ans. Prisonniers de Bazaine dans Metz, plus tard prisonniers des Allemands à Coblentz, nous sommes parvenus enfin à rentrer en France. Nous avons cherché alors toutes les occasions de nous battre pour l'honneur de notre patrie idolâtrée, pour le sol de ma pauvre Lorraine.

Jean, c'est notre seule joie au milieu de tant de douleurs! Tour à tour soldats, sous-officiers, nous offrant pour instruire, nous enorgueillissant d'obéir, incorporés à l'armée de l'Est, blessés dans la retraite sur la Suisse, toi et moi, frère, nous avons fait notre devoir, et la France qui pleure en nous pleure fièrement.

Oui, je l'ai défendue jusques à la mort, ma France de Lorraine, et je n'aurais pas survécu à ses mutilations si tu ne m'avais soigné, sauvé, supplié de vivre.

Je me remémorais toutes ces choses passées, que ma mémoire ressuscitait une à une.

Mais comment se fit-il, Jean, qu'après avoir quitté ta maison, cette fête, nos amis, je me retrouvai dans ma chambre, inconscient de mon retour à Fontainebleau?

Mon existence déroulée sous mes yeux se replia lentement, image sur image, et se rangea comme une carte dans son étui. Je revis bientôt ma personne actuelle en son état présent. Qu'avais-je fait pour revenir ici, qui m'avait conduit moi-même?

Je me rappelai mon voyage de Paris à Fontainebleau comme un récit qu'un autre m'en eût fait. Je me crus halluciné! Je n'essayai pas de résister à une courbature d'esprit qui m'empêcha de penser jusqu'au lendemain, malgré mon insomnie. Quoique je n'eusse pas dormi, cependant, à l'aurore, il me sembla que je m'éveillais. J'avais la tête endolorie, le cœur serré. Je me souvins de ma fuite absurde, je me représentai ta surprise d'abord, ton inquiétude ensuite.

Le croiras-tu? Au lieu de m'accuser, de te faire amende honorable, de me traiter comme je le mérite, j'accusai les autres, et surtout Madeleine. Une irritation pleine de griefs contradictoires que je ne réussirai certainement pas à coordonner, s'empara de moi, et je veux te la dépeindre dans toute sa confusion et dans toute son injustice.

Madeleine est si belle qu'il ne m'est jamais venu à l'idée de t'exprimer mon admiration pour sa beauté. Je t'ai souvent parlé de son esprit, qu'elle a si finement railleur, ou qu'elle affecte d'avoir tel pour être en droit de ne point prendre au sérieux ses adorateurs et pour se mettre à l'abri des avalanches de leurs compliments, de leurs déclarations.

Jamais je ne l'avais vue plus moqueuse,

plus étincelante, plus spirituelle que dimanche. Votre ressemblance d'air, de physionomie, de traits, que je détaillais en vous regardant, me causait une émotion joyeuse. Tous deux, animés, contents, heureux, vous me combliez de votre tendresse. Je vous appartenais, malgré mes réserves, et je me sentais, à chaque minute qui s'écoulait, plus attaché à votre amitié.

Madeleine vint me prendre par la main et me pria de la faire danser. Je demandai grâce. Elle me força de la suivre, me mit en ligne, et me signifia d'avoir à me bien tenir. Elle confirma devant la rieuse assemblée tous ses droits sur moi.

Entre les figures du quadrille ta sœur me prévint que vous alliez m'emmener dans un long voyage en Italie, m'accaparer, m'opprimer, sans le moindre scrupule, sans le plus léger respect de mon indépendance.

« Jean et moi, me dit-elle, nous vous enchaînerons quelle que soit votre force, nous vous tyranniserons quel que soit votre amour de la liberté. »

La menace était sérieuse, faite par Madeleine du ton impérieux qu'elle sait prendre lorsqu'elle commande. Elle l'accompagna d'un « je le veux ! » significatif. Ses grands yeux noirs me défièrent d'oser répondre, sa bouche ne sourit pas, les ailes de ses narines eurent un battement orgueilleux et provocateur, la lumière courut sur ses cheveux d'or, et sa tête levée secoua des étincelles. Petite, elle me sembla grandie ; mignonne et délicate, elle parvint à m'entraîner dans le tourbillon d'un galop interminable.

Lassés par la danse, il vous plut un moment de jouer aux petits jeux. Étourdi, presque chancelant, je me retirai dans une embrasure de fenêtre, derrière un rideau. Madeleine seule me voyait et ramenait à chaque instant son triomphant regard sur moi.

J'éprouvais à la fois pour elle de l'attrait et de la froideur. Une angoisse poignante envalissait mon cerveau en même temps qu'une douceur attendrie, engourdissante, pénétrait mon cœur. Je n'eus bientôt qu'une idée fixe : me secouer ! Ma volonté, comme une sentinelle attentive, se dressa, s'exerça, montant une garde sévère, et combattit aussitôt provoquée.

Madeleine avec la variété, la souplesse de son esprit, semait vos conversations de traits éblouissants et répandait sur ces jeux une belle humeur tantôt comique, tantôt gracieuse, tantôt folle, tantôt poétique, toujours amusante et toujours jeune.

A je ne sais quel moment l'un de nos camarades interrogea ta sœur pour un gage. Madeleine réfléchit et répliqua gaiement :

« L'homme de mes rêves ! vous supposez qu'il n'existe pas ? il existe ! Vous croyez que je ne l'ai jamais vu ? je le connais ! Vous allez vous écrier : elle aime ! Non, pas encore ! Celui que j'eusse choisi se dispute, et je ne suis pas faite pour subir l'humiliation d'une résistance. »

Elle riait. On crut à une plaisanterie.

« Un homme de ses rêves qu'elle n'aime pas, répétaient les jeunes filles, ce n'est pas l'homme de ses rêves ! »

Et elles tournèrent et retournèrent en tous sens les phrases de Madeleine.

Ta sœur me fit signe de venir à ses côtés, où elle me montra une place. Jamais dans aucune circonstance de ma vie, rien ne m'avait plus bouleversé que cet appel. Je n'y répondis pas. J'étais rivé à ma fenêtre. J'essayai en vain de m'élancer vers Madeleine. L'anxiété, l'effarement m'étreignirent et me retinrent. Elle me considéra longuement, puis se leva et se remit à danser. Au milieu d'un quadrille elle demanda une valse et tourbillonna devant moi.

Mais elle s'arrête, pâle, dédaigneuse, les lèvres amincies. Elle lève le premier doigt de sa main. C'est un ordre, mais lequel ? Dans mon trouble je ne sus quelle interprétation donner à ce geste. Madeleine me priait-elle

encore d'aller vers elle ou m'ordonnait-elle de
partir? Je m'enfuis.

Pascal, mon ami, mon frère d'armes, je ne
veux pas aimer, je n'aimerai pas! Un signe ne
peut à lui seul changer le cours d'une existence lentement acheminée vers un but fixé.
Comment me dirigerait l'amour d'une femme
aussi belle, aussi orgueilleuse, aussi entourée,
aussi désirable que Madeleine? Est-ce que je
puis le deviner, le prévoir, le soupçonner?

Je me garde pour celle à qui je me suis voué
âme et corps, qui m'a demandé trop peu de
mon sang, à qui je ne me suis pas assez consacré, assez livré. Ma douleur patriotique n'a
point encore soulevé en moi la satiété. Je
l'éprouve, au contraire, avec une ardeur qui
exclut les lassitudes. Souffrir une grande souffrance est un réconfort quand elle provoque,
non l'absurde résignation, mais le vouloir
énergique de ne la porter ni un jour ni une
heure de plus qu'il ne sera nécessaire!

Je l'avoue, ma passion pour la France fait

de moi un sectaire, un fanatique. Mon cœur, frappé par son nom, même lorsque ma voix seule le prononce, bat à me rompre la poitrine, car je l'adore! Je la préfère aux créatures les plus séduisantes parce qu'elle est la beauté à la fois réelle et idéale. Nulle que ma France, je le lui jure, ne me fera plus tressaillir. On n'est pas infidèle à un pareil amour! Quand une âme française a été un moment le tabernacle d'une telle divinité, elle ne saurait se résoudre à devenir sacrilége en renfermant une autre image. Qu'une apparition unique me visite, qu'un seul nom en moi soit glorifié!

Tandis que le vautour allemand se repaît de ma Lorraine, qu'il arrache et dévore le cœur de la France, est-ce que je peux, moi, Lorrain comme Jeanne, ma payse, sourire à une joie, est-ce que je dois cesser de pleurer, est-ce que j'ai le droit d'être heureux? Non!

A toi, en notre patrie malheureuse!

PASCAL.

JEAN A PASCAL.

Paris, 24 septembre.

Je désire, Pascal, que tu ne regrettes point amèrement plus tard cet accès de réalisme qui te pousse à matérialiser une religion aussi idéale. Quoi, tu ressens pour la France un amour semblable à celui que t'inspirerait Madeleine? Tu fais à cette grande adoration l'injure de la comparer à un sentiment personnel, et tu fais à l'amour ce tort de croire qu'il lutterait en toi contre le patriotisme?

Je me tais. La circonstance exige que je ne te conseille ni ne te prêche.

Si tu as été appelé, mon pauvre Pascal, tu

n'es point élu. Ne te défends donc pas avec cette vigueur exagérée. Madeleine m'a raconté, avec ironie, mais avec calme, l'épreuve qu'elle t'a fait subir dimanche et dont tu te vantes d'être sorti victorieux.

Tu me dis : « à toi, en notre patrie ! » Eh bien, est-ce qu'aimer en la France une jeune fille française serait une faute ? Permets-moi d'en douter.

Mon père, à bord de *la Vaillante,* nous écrit de Saïgon qu'il ne rentrera pas dans la Méditerranée avant plusieurs mois. Je ne te conterais pour rien au monde ce qu'il me dit de toi. Mon père t'eût sans déplaisir accepté pour gendre. Mais ce serait trop, n'est-ce pas, barbare, que d'être deux fois mon frère ?

Nous allons user de mon demi-semestre de congé mieux que tu n'useras du tien, je n'en doute guère. Ma mère qui est Vénitienne, tu le sais, nous propose de nous conduire à Venise par la Suisse, par le Simplon, par les Lacs bleus, qui traversent depuis longtemps comme des mirages le cerveau de Madeleine. Nous réalisons l'un des vœux les plus chers de ma jolie sœur, et elle est dans l'enchantement.

Je compte passer par Lausanne et faire visite à nos braves Cervin, qui nous ont si admirablement soignés, dont l'hospitalité a été si large, le dévouement si paternel.

Nous nous mettons en route lundi 27. Tu demeureras donc paisible dans ta retraite. Je n'ai pas même le temps d'aller te dire adieu.

Si pourtant il te prenait la folle envie de m'embrasser, tu viendrais à la montagne, puisque la montagne, etc.

Je pars sans gaieté. J'espérais que tu serais de mon premier grand voyage avec Madeleine.

Si tu avais une religion moins orthodoxe et si cette religion n'était pas la mienne, au culte près, j'essayerais de te convertir ; mais puis-je ébranler en toi ce qui m'affermit, puis-je attiédir ce qui m'exalte ?

Pour la patrie !

JEAN.

2

PASCAL A JEAN.

Fontainebleau, 25 septembre.

Écris-moi jour par jour le récit de tes impressions, de vos aventures, de vos rencontres. Donne-moi des adresses où je vous précéderai, où je vous attendrai avec des lettres. N'omets rien de ce que tu verras, de ce que Madeleine dira. Je suis curieux de vous autant que de moi-même. Jette, à chaque coin de paysage, des notes sur des feuilles volantes que tu m'expédieras le soir. Je suis ravi de penser que je vais à la fois être seul et voyager avec vous.

Assure de ma gratitude, de ma reconnais-

sance, ta sœur, Madeleine la railleuse. L'é-
preuve qu'elle m'a fait subir est bonne. J'ai
cru remporter sur moi-même une victoire
éclatante, au nom et sous la sauvegarde, sous
l'invocation du seul idéal qui soit supérieur à
l'amour. Désormais je suis invulnérable ! Sous
quelle forme plus tentatrice le bonheur pourrait-il hanter mes visions ou surgir à mes
yeux?

Que Madeleine me permette de lui offrir
mon plus sérieux dévouement, ma plus tendre
affection, qu'elle daigne les accepter ! Aimant
la France d'amour, je ne puis aimer une autre
femme que comme une sœur. J'aime ainsi la
tienne, notre sœur, Jean. Ah, le doux nom !
et combien je serais heureux de le prononcer
un jour la main dans la main de Madeleine.

L'amitié, la fraternité d'une femme belle et
bonne, intelligente et spirituelle, est une
faveur des dieux. Cette haute confiance qu'aucun désir ne trouble, qu'aucune tromperie
n'abaisse, qu'aucune jalousie n'assaille, qu'au-

cune exigence n'entame, qu'aucune infidélité ne brise, combien elle est enviable! Madeleine me l'avait fait à moitié connaître, me l'a-t-elle enlevée sans retour?

Ton ami,

PASCAL.

JEAN A PASCAL.

Paris, 26 septembre.

Dans trois jours à Lausanne, puis à Brieg, puis à Stresa, puis à Côme, puis à Venise. Écris-moi toujours poste restante.

Madeleine te continue son amitié, et la preuve, c'est qu'elle y ajoute un conseil, celui de t'absenter plus souvent de toi-même et de vivre moins en ta continuelle présence.

« Si fréquemment que l'on rencontre sa propre personne, dit ma sœur, si intéressante qu'elle soit, il faut avoir le courage, la dis-

crétion de ne pas l'aborder inutilement. Toute
contemplation intérieure trop poursuivie est
dangereuse. Contrairement à ce que Pascal
s'imagine, elle affaiblit les vertus publiques et
nationales, elle n'augmente et ne développe
que les qualités individuelles. »

Notre mère, comme pour aviver mes regrets,
m'a tout à l'heure très-mystérieusement supplié de ne point t'avertir de notre absence.
C'est un peu tard ! Je te répète mot à mot son
surprenant discours :

« Il est indispensable que Pascal ne nous
accompagne point, qu'il n'ait pas même la
fantaisie de nous rejoindre, et par conséquent
qu'il ignore où nous allons. Tu sauras pourquoi au Lac Majeur. Une personne de notre
famille, avec laquelle nous aurons à causer,
nous suivra de Stresa au lac de Côme et à Venise. Ton ami nous gênerait, nous embarrasse-
rait. Madeleine est au courant de ce gros
secret. »

J'entrevois un mariage italien à l'horizon

de mes étapes. Diable ! Mon officier, je t'aime autant que je déteste les pékins étrangers.

JEAN.

PASCAL A JEAN,

A LAUSANNE.

Fontainebleau, 27 septembre.

Le seul parent qui me reste, cet oncle man-
chot, colonel en retraite, dont je suis l'héritier,
m'écrit pour me conjurer d'aller le voir en
Lorraine. Je n'ai pas eu la force de faire ce
triste pèlerinage depuis la guerre. De son côté,
mon vieil oncle n'a pas le courage de mettre
le pied sur une terre demeurée française. Il
craint son désespoir en rentrant dans la pro-
vince conquise. Il me parle de mariage. Nos
parents, à ce propos, sont piqués de la taren-
tule. Le colonel me dit qu'un officier français
n'a plus le droit, comme en son temps à lui où

la France était intacte, de mener une existence libre et joyeuse, qu'il nous faut de bonne heure nous astreindre au devoir et à la sagesse. Une filleule de mon oncle apparaît au milieu de cette moralité. Je n'irai pas encore en Lorraine cet automne.

Mon oncle m'a envoyé un très-beau cheval avec lequel je parcours en tous sens la forêt prochaine.

Le matin je pars dès l'aurore et je vais à droite et à gauche, souvent égaré, jamais perdu, rêvant, car je rêve! à tout ce que je vois, à la nature que je n'avais jamais regardée.

La leçon de Madeleine me profite, et j'en use. Elle a raison. Il faut s'absenter quelquefois de soi-même. Je me cherche dans les impressions que me causent les objets extérieurs, et je découvre les liens qui les unissent à moi ou qui m'unissent à eux. Je les subissais, ces liens, sans les connaître, comme font la plupart des mathématiciens qui ne se sont

jamais enquis, informés, que des calculs, que
des règles de l'univers, et point des conditions
de la vie générale.

Ma surprise va croissant à mesure que je
constate les rapports de mon existence avec
celle de tous les êtres, l'alliance de mon activité et des impulsions qui se répercutent dans
les choses.

Je suis marié d'hier à la nature !

Que te dirai-je de la beauté de l'épouse, de
ses ardeurs, de sa puissance ? Je ne sais presque rien de sa langue, parce que, nouvelle-
ment uni, je suis encore un étranger pour
elle. J'entends sa voix et ne puis goûter son
éloquence. J'épelle les signes de cette langue
mystérieuse écrite avec des arbres dressés,
dans les jeux de l'ombre et de la lumière,
dans les architectures des nuages, dans le vol
des oiseaux, la variété des taillis, les entasse-
ments de rochers, le monde des insectes et des
fleurs, caractères visibles, que peu à peu on
rapproche, on groupe, qu'on déchiffre labo-

rieusement, qu'on balbutie, qu'on parle, et que
les amants privilégiés de la nature finissent
par chanter en rhythmes savants et poétiques.

Mon imagination elle-même, rassurée par
mon serment de fidélité et de soumission aux
lois de mes épousailles avec la sage nature,
sort du logis où elle était si hermétiquement
emprisonnée par les mathématiques, l'algèbre,
la géométrie, et le reste! s'en donne à cœur
joie et se rit d'être folle.

Penché sur le cou de mon cheval, le corps
bercé, flânant, l'esprit en éveil malgré cette
demi-somnolence des sens, plus raffiné peut-
être, plus curieux, je déguste le plaisir de faire
en amoureux la connaissance du monde entier.

Ce qui m'ensorcèle, ami Jean, c'est que mes
plus intimes entretiens avec le grand Tout
n'affadissent point ma passion pour la guerre,
pour les beaux combats. L'infini est militaire!
Si la moitié du monde s'attire, l'autre se
charge à fond de train, se culbute, s'écrase,
et, au travers de tous les baisers qui cares-

sent mon oreille de leur doux bruit, j'entends les sonneries de bataille de toutes les luttes pour l'existence.

Tu le vois, je double ma philosophie ancienne de raison raisonnante, d'une philosophie de nature naturante. Je sens mon cœur se hausser, mon esprit s'élever dans des conversations légitimes avec le réel.

Ne vivre que de la vie intellectuelle transmise et coordonnée par les hommes dans les sociétés, c'est se plaire en des milieux restreints, en de faux semblants, c'est chercher l'absolu dans un seul terme. Vivre instruit des autres et de soi, instruit de l'histoire dans le temps et du temps sans histoire, interroger les espaces, questionner les êtres muets, se mettre en présence des mondes, contempler la nature face à face, observer les choses dans leur variabilité, dans leur mouvement perpétuel, c'est faire un pas décisif dans le domaine de la vérité.

Je te le dis, Jean, avec l'orgueil d'avoir

conçu tout ce qui est concevable, avec l'humiliation d'avoir été repoussé par l'inaccessible,
j'étais peut-être hier une intelligence, aujour-
d'hui je suis un homme.

Ne va pas croire, cher ami, d'après ces aveux,
que mon imagination bat la forêt, ni que je
laisse toujours aux objets leur figure sévère et
froide. Tantôt recueilli, tantôt galopant,
j'évoque des formes, je fais de sérieux efforts
pour animer ce qui est rigide. Comme un potier
qui pétrit le limon pâle, je pétris des images
avec des visions, je les essaime sur mon chemin
pour m'en faire cortége, troupe obéissante qui
me suit ou s'éloigne à mon gré. J'emprunte
pour ces formes quelques-uns des attributs dont
nos ancêtres gaulois revêtaient leurs divinités,
attributs qui ressortent de l'enchevêtrement
des puissances de la vie universelle et ne
contredisent aucune des lois de la nature.

Les religions subissent toutes trois états :
l'état héroïque, l'état pratique et l'état poétique.
Je suis pour cent raisons l'ennemi du premier,

j'ai le mépris du second, mais je délasse volontiers ma pensée avec les contes du troisième.

Lorsque, par fatigue, j'éprouve le besoin de
rapetisser la grandeur, l'immensité du monde
et de réduire l'infini des choses, j'essaye alors
ce qu'essayent les hommes qui osent affirmer
par là une conception augmentée, élargie,
supérieure de l'univers, je ramène la nature à
ma taille en la personnalisant, et je la loge
dans l'enveloppe étroite de quelque Teutatès.

Ta figure et le visage de Madeleine ne me
quittent pas un instant. Je sais qu'avant moi
vous avez songé comme je songe, que vous
avez choisi pour alimenter votre poétique, non
la rude tradition des druides que je préfère à
toutes les mythologies, mais le paganisme. Ce
point seul nous divise, et encore !

Je vous aime tous les deux passionnément.

PASCAL.

JEAN A PASCAL.

Lausanne, 29 septembre.

Mon ami, mon compagnon, je te tends mes deux bras, je te presse sur mon sein. Ta lettre, que j'ai relue quatre fois parce qu'elle est terriblement épaisse, m'enchante et me flatte. Ce qui touche surtout mon amour-propre est que je n'y comprends rien. Ou tu as daigné m'initier à tes obscurités les plus chères, ou tu as prodigieusement foi en mes aptitudes philosophiques. De ceci ou de cela, Pascal, je te remercie.

Je te fais, en outre, mon plus sincère compliment sur la manière dont tu te promènes et te mènes, et t'interroges et te réponds.

Je t'écris de ma première étape sans trop savoir ce que j'ai à te dire, uniquement pour remplir mes promesses.

Notre mère est déjà un peu lasse du voyage ou feint de l'être. Elle est impatiente d'arriver au lac Majeur où nous attend un jeune cousin prétendant à Madeleine. Ledit prétentieux avait douze ans et moi treize lorsque j'allai à Venise en 1866.

Après des recherches laborieuses, mon cher parent s'est dressé dans le plus profond de ma mémoire, derrière un entassement confus de gondoles, de palais, de tableaux. Je me souviens d'un bonhomme vêtu d'un habit de collégien d'une certaine forme italienne. Voilà ce que je suis en mesure de répondre aux interrogations répétées de ma mère.

Il a maintenant deux ou trois années de plus que Madeleine, et il demande en mariage mademoiselle ma sœur qu'il possède déjà, paraît il, en photographie, et de laquelle il est amoureux. Il idolâtre sa bien-aimée, non pas même en

peinture, mais en carte-album! Tu es touché,
je suis touché, nous sommes émus.

Je tâcherai que cette histoire ne t'embête
pas trop et qu'on ne m'oblige pas à te la
recommencer comme dans la complainte du
petit navire. Si je collabore à son dénouement,
ce sera pour faire enrager ceux qui aiment que
ça finisse bien.

Madeleine devrait emporter une provision
de calme en voyage. Elle cherche partout des
prétextes à critiquer, à louer, à comparer.
Elle exige des impressions tout de suite, et
veut avoir une opinion immédiate sur chaque
chose qui surgit à ses yeux, ou passe, ou
fuit, ou s'éloigne, ou s'avance, ou monte, ou
s'abaisse.

Partis le lundi soir de Paris, nous nous
sommes arrêtés à Lyon, et nous voici à Lausanne. L'esprit de Madeleine fourmille d'appré-
ciations diverses. Tu sais qu'elle voyage pour
la première fois. Elle m'a déjà prouvé que la
Suisse a fort à se défendre, et qu'elle, ma

3.

sœur, n'est pas de ces personnes banales qui acceptent des admirations toutes faites, imprimées vives, et qu'on n'ose pas plus discuter que des articles de foi.

Pour elle, au contraire, pour son jugement, pour la façon respectueuse dont elle en use avec sa propre indépendance — que n'a-t-elle un égal respect de la mienne! — il suffit qu'un lieu soit décrété d'admiration générale pour qu'elle note avec soin ses observations particulières, pour qu'elle résiste à l'engouement des autres, pour qu'elle s'efforce d'avoir des idées personnelles. Nous savons cela, toi et moi, mon père et ma mère aussi.

Donc Madeleine, capricieuse, tyrannique, nous oblige de déjeuner à la hâte et me prévient qu'elle va m'entraîner à la découverte de Lausanne, moi qui l'ai habité pendant trois mois. J'intrigue pour me soustraire aux fantaisies de ma sœur. Je la renvoie à notre mère, qui nous signifie une fois pour toutes qu'elle fait le voyage d'Italie, non celui de Suisse, et déclare ne s'être arrêtée à Lausanne que pour me permettre de remplir un devoir de reconnaissance.

Madeleine ordonne, commande, supplie, et me persuade que mon état d'officier, ma galanterie bien connue, me créent l'obligation de protéger le sexe faible. Je vais où elle me conduit, elle m'accompagne où je désirais aller seul. Au demeurant tout est pour le mieux, car elle séduit nos hôtes, les bons, les excellents Cervin, les remercie avec une émotion pleine de grâce. Elle charme le fils de la maison, ce sauvage collectionneur auquel tu entendais fort peu et que je ne comprenais pas du tout. Elle s'entretient avec lui d'antiquités lacustres et l'étonne d'une science qu'elle acquiert à mesure qu'elle l'interroge.

Jamais je n'ai trouvé à Madeleine tant de mouvement, tant de souplesse dans l'esprit. Et tu crois que je vais la marier à un Italien, à un étranger! Une telle distinction, de tels mérites,

une telle beauté, un tel goût seraient expor-
tés ! Non, mille fois non !

Suis-je assez occupé, moi qui ne rêvais après
mon examen que paresse, que repos ! Cavalier
servant de Madeleine, ma profession n'est
pas une sinécure. Ton correspondant, forcé de
recueillir pour toi mes réflexions, il faut que
je réfléchisse d'abord, que j'écrive ensuite !
Fils de ma mère, je travaille à déjouer les
trames qu'elle ourdit pour donner Madeleine à
ce cousin Spedone-Bruzella. Enfin, et pour sur-
ajouter à toutes ces besognes, je voyage !

Ouf ! je t'embrasse.

JEAN.

LE MÊME AU MÊME.

30 septembre.

Toujours Lausanne !

Invitée à dîner chez les Cervin, ma mère a dû s'exécuter. Nous avons parlé de toi, de notre France. J'aime la Suisse des Cervin à plein cœur, la Suisse républicaine, libre par la pensée et par les lois, hospitalière par les mœurs, noble, courageuse, grande dans sa petitesse, haute de toute la hauteur de ses montagnes. Or, cette Suisse, Madeleine la discute, et je te voudrais ici pour l'entendre. C'est dit avec une passion, avec un air convaincu, avec des phrases à plumet, parées, attifées, pomponnées, astiquées comme pour une grande revue. C'est tourné, c'est arrondi, c'est frisé, c'est campé, c'est provocant!

La railleuse abandonne un moment l'Helvétie pour s'attaquer au pauvre Jean, à moi. Je m'étais attendri. J'avais évoqué le souvenir de la patrie écrasée, de mon ami blessé, j'avais confondu plusieurs demi-douzaines d'amours fraternels : celui de la Suisse pour la France, de la France pour la Suisse, de toi pour moi, de moi pour toi, de chacun de nous pour Cervin jeune et de nous deux pour les Cervin vieux!

Madeleine, exquise hier, a été aujourd'hui exécrable. Il m'a semblé, je ne sais pourquoi, que ton nom la mettait hors d'elle-même.

Cervin nous a proposé un autour de Lausanne dans son carrosse, et nous avons visité, lui, ma mère, ma sœur et moi, tous les jolis endroits que tu connais.

Ma sœur s'est jetée à corps perdu au milieu des paysages pour les malmener du bout de sa baguette comme une fée maligne et cruelle.

En fait de belle nature, elle prétend que la
Suisse a des institutions merveilleuses, incom-
parables.

Quelle averse de satires! Je te lance un peu
de ce seau d'eau sur la tête.

« La Suisse est terne, dit Madeleine. Tout
y est pâle, incolore ou brutal. Des siècles d'intempéries n'ont pu que salir les roches gri-
sâtres où les torrents seuls tracent des ba-
vures. L'arbre principal dans la campagne est
le noyer, sans forme, d'un vert désagréable,
qui garde ses branches mortes et noires. Il y
a en Suisse tant de convenu banal, tant d'artifices vulgaires, que le pastoral bourgeois,
faussé, ridicule, est toujours une imitation de
la verdoyante Helvétie. »

La moqueuse personne tranche, déduit,
affirme, conclut, avec certains airs de tête inex-
primables, ses cheveux blonds soulevés par
des doigts pleins de pichenettes, ses grands
yeux noirs très-superbes. Elle a son nez rose
au vent, sa bouche dédaigneusement entr'ou-

verte. Qui n'a pas vu sa taille mignonne se redresser en face des plus splendides altitudes n'a rien vu, et celui-là ne soupçonnera jamais quels degrés d'impertinence la plus jolie fille du monde peut escalader !

Ma mère approuve et vante l'Italie. Je discute un peu, pas beaucoup, forcé que je suis de couper en deux les traits d'esprit les plus fins, et de me battre en sabreur contre des fusées d'artifice.

« Tu as la vue longue, me dit Madeleine, et ces montagnes si proches te font l'effet, conviens-en, de la mouche du pacha. Tu les as sur le nez, tu les chasses avec la main, tu voudrais les écraser pour t'en débarrasser. »

Cervin hasarde que de tels propos ne sont pas sérieux.

« Les institutions fédérales, réplique Madeleine, me convient à la liberté. Je suis donc libre de prétendre que vos paysages suisses n'ont aucun caractère de grandeur. Ce que je regarde m'irrite comme un tableau plein de

fautes et de grossières contradictions. Voya-
geuse, j'ai le droit de classer votre nature
parmi les refusées. Est-ce dans le dessin,
dans la couleur, ce quelque chose de trop
brusque, de trop tranché qui me choque?
ajoute-t-elle. Je pourrais admirer à part ceci
ou cela, l'ensemble, non! »

Tout à coup ma sœur trouve, ma sœur a
trouvé le pourquoi de tant d'impressions dif-
férentes. Comme les génies dont la science
s'honore, partant d'un fait simple et arrivant
au composé, elle découvre une loi. Écoute,
mon lieutenant!

« Ce toit d'ardoise doux à l'œil qui ne fait
point tache dans son cadre de verdure amène
en l'esprit l'image de la Normandie. Voilà
bien les clos normands, les pommiers et leurs
pommes luisantes; voici le vert des arbres du
Nord, l'herbe grasse, les tonalités de couleur
qui se mêlent et se perdent avec des nuances,
des gradations si harmonieuses, dans la Manche
et dans l'Océan. A ce gros vert, il faudrait du

vert plus pâle, et des eaux un peu rosées,
presque blanches. Mais ce Lac d'un bleu violet
réclame du jaune, veut de l'or à profusion.
Cette belle nappe de lapis italien frangée par
cette campagne du Nord, c'est faux, c'est de
mauvais goût, c'est de la nature industrielle,
commerciale, c'est de l'article, ce n'est pas de
l'art! Les rives du Lac de Genève lui sont
étrangères, et sont indignes de l'encadrer. Le
rouge des maisons, perçant le vert des arbres,
vert et rouge à un égal degré d'intensité, cela
hurle, cela grince, cela vous arrache les yeux.
Il faudrait enchâsser ce beau lac de saphir
avec des hauteurs qui s'embrasent, des lointains qui s'échauffent, des versants qui ondulent
sous une poussière de rayons, des plages qui
se dorent.

— Saluez au moins, lui dit notre pauvre
ami exaspéré, dans ces toits rouges, dans ces
cimes neigeuses, dans ce lac bleu, les couleurs
du drapeau français.

— Salut, ô paysage tricolore ! » répliqua ma méchante sœur avec un geste de triomphe.

Madeleine *victrix*, après cette cruauté, redevient subitement magnanime. Ayant vaincu l'Helvétie dans son sol, elle commence une antienne à la Suisse nation. Et, par un dernier trait qui rappelle encore sa malice, louant ce pays aux formes primitives, ébauchées, reparle, sans en avoir plus appris, de l'époque lacustre.

Cervin s'apaise et se rassérène. L'entente la plus cordiale règne de nouveau. Si nous ne partions demain, le fils de nos hôtes me demanderait ma sœur en mariage. Il serait le onzième ! Combien sèmerons-nous d'amoureux dans ce voyage, après en avoir délaissé dix à Paris? Combien ferons-nous de malheureux? Pourvu que Spedone-Bruzella entre dans la catégorie de ces derniers, je me consolerai facilement du sort des autres.

Sais-tu, Pascal, que rien n'est plus réjouissant, plus gai, plus délicieux que de voyager avec Madeleine? Son esprit, comme tu l'as remarqué toi-même, a de la variété, de la belle humeur, de la grâce et de la jeunesse. Les heures sont par elles si remplies qu'on peut aller devant soi, sans souci jamais de la longueur du chemin, ni des arrivées tardives aux lieux de repos, ni des petits ennuis et des fatigues de la route.

Toi-même, que j'ai en si grande admiration, mon fraternel ami, tu ne me charmes pas d'une façon aussi constante que ma jolie sœur. Tu m'instruis, tu m'intéresses, tu m'as plus d'une fois arraché des cris d'enthousiasme en me parlant des grands faits de l'histoire, des grandes actions des héros. Tes paroles m'ont souvent brûlé comme un charbon ardent, mais, après l'un de tes récits passionnés, tout se taisait entre nous, et c'étaient de longs silences durant lesquels, à force de me retracer mon émotion, j'en amoindrissais le souvenir.

Tu es l'homme le plus ardent que je connaisse, avec ton air de dignité froide, et, malgré ton apparente retenue, celui qui se livre le plus à ce qu'il aime. Que t'ai-je donc rendu, Pascal, pour toute la richesse intellectuelle que j'ai tirée de toi? Rien, pas même de la gratitude, puisque me voilà, préférant au frère avec lequel on pense, on juge, on approfondit, la sœur avec laquelle on court de fleur en en fleur, on se sourit à soi, on se rit des autres, sans fiel, c'est vrai, parce qu'on butine le sucre, mais sans profit, parce que l'on ne se fixe ni ne s'attache à quoi que ce soit qui en vaille la peine.

Au revoir, à Brieg, où j'aurai une lettre de toi.

JEAN.

Fontainebleau, 26 septembre.

Mon cher Jean, je ne quitte plus la forêt, dont je regarde, dont j'interroge chaque arbre, chaque taillis.

Je me sens un homme des chênes, et, pour savoir l'origine de mes idées et de mes instincts, je n'ai pas besoin de pousser mes recherches au delà de nos pères les Gaulois.

Maintenant que j'ai un peu dégrossi mes investigations philosophiques, et trouvé les rapports qui existent entre mon être personnel et l'existence générale, je me plais à découvrir les similitudes qui sont héréditaires en moi et me rattachent à ma race.

Si je me reconnais un homme des chênes, c'est parce que je vois immédiatement se dresser devant mes yeux les hommes des sapins.

La plupart des peuples ont habité de préférence sur le bord des lacs, des fleuves, de la mer ; les moins hardis sont demeurés sur le sommet des plus hautes montagnes ; d'autres ont passionnément aimé les plaines. Les Gaulois et les Germains ont choisi les forêts.

Ils ont vécu, les uns sous les ramures protectrices qui garantissent l'homme en été des ardeurs du soleil, et se laissent en hiver pénétrer par les plus pâles rayons, ramures délicates, poétiques au printemps, ruisselantes de richesses à l'automne; les autres ont vécu sous le couvert des branches qui retiennent le givre et la neige en hiver, que le soleil brûle en été, qui suent l'amère gouttelette de leur séve, naissent, meurent uniformes, avec leurs persistantes et tristes aiguilles.

Pour la forêt gauloise la variété, le perpétuel ondoiement des choses diverses. Tour à tour le renouveau, la destruction, les feuilles mortes balayées, d'autres feuilles ressuscitées. Pour la forêt germaine, l'éternelle monotonie.

Ces longs entretiens d'une race avec un arbre ont-ils appris aux deux peuples ce que chantent les chênes, ce que pleurent les sapins? Peut-être ceux qui se dressent fiers, nobles, hauts, ont-ils enseigné la fierté, la noblesse, la hauteur? Peut-être que ceux qui rampent et traînent sur le sol ont conseillé la servilité?

Au chêne, le lierre s'attache; au chêne, le gui se balance comme une enseigne divine. Le sapin n'a que la mousse qui ronge. Le chêne, en grandissant, perd ses branches inférieures pour laisser passer dans les bois la brise purifiante qui porte l'amour aux époux solitaires. Le sapin garde ses branches les plus basses,

4

s'enferme, et se nourrit dans l'ombre d'herbes corrompues. Son feuillage est offensif, piquant. Il s'élève pour diminuer, il monte pour devenir pointu. L'autre a les feuilles douces au toucher. Plus majestueux à mesure qu'il croît, il s'élargit sous la voûte du ciel. Il lui emprunte la forme des sphères. Quand il ne peut plus monter, il ploie comme un dôme s'arrondit. Le chêne parle d'abri. Les bourgeons veloutés au printemps caressent les oiseaux; leur duvet est semblable à celui de la couvée. Géant, il se reproduit dans un fruit léger qui ne menace point l'homme couché à ses pieds. Le sapin rébarbatif se refuse à donner l'ombre tant qu'il n'a pas été taillé. Son gros fruit tombe avec pesanteur et blesse. Arbre de terrains inférieurs, il prépare le chêne et ne le remplace jamais!

Dans ses tête-à-tête avec le sapin, l'homme des forêts germaines est devenu agressif et bas. Pareil au chêne superbe, le Gaulois audacieux cherche l'orage et défie la foudre.

Tout à coup, en continuant ma promenade, j'aperçois un sapin immense, et j'arrête mon cheval. Il y a aussi des sapins dans la forêt de Fontainebleau. D'où viennent-ils? Ce sont des envahisseurs dont la vue réveille toutes mes douleurs patriotiques. J'étais venu ici chercher les distractions, les consolations que la nature offre à l'homme trop éprouvé, et voilà que ma solitude se peuple de Germains. Il a suffi d'un arbre de race étrangère pour raviver en moi tous les souvenirs de nos luttes avec l'ennemi séculaire.

Ton frère gaulois,

PASCAL.

LE MÊME AU MÊME.

Fontainebleau, 28 septembre.

Tu trouveras à Brieg deux lettres de moi, mon cher Jean. Je me plais à t'écrire, et je sais mieux ce que j'éprouve lorsque je l'ai traduit en récits pour toi.

Hier, je suis allé revoir mon sanctuaire druidique à la Gorge-aux-Loups. Il était quatre heures. J'attachai mon cheval dans un fourré, et je descendis, non par le chemin habituel de l'entrée de la gorge, mais par le mamelon sauvage et les pentes escarpées qui la dominent.

Je marchai lentement, au milieu des bruyères fleuries, dans la poussière blanche des grès.

4.

Le sol était doux et chaud sous mes pieds. Je me laissai glisser dans le ravin et je tombai parmi les fougères.

Rempli d'une émotion que je ressens toujours en ce lieu, j'entrai dans l'enceinte druidique. Je contemplai les pierres qui parlaient à nos pères et qui me parlent à moi.

Essaimées une à une sous l'œil éblouissant d'Abellio, elles conduisent comme des gardiennes aux blocs sacrés, qu'ombragent les chênes. Les pierres sont la révélation pure des formations de la terre, enseignaient les druides; c'est pourquoi elles introduisent dans le temple et prennent place à l'autel.

Les voilà jetées dans un chaos apparent comme si elles avaient tout à coup jailli de la vieille forêt gauloise en un jour de tressaillement. L'ombre protectrice des chênes aux branches recourbées a revêtu les pierres, les a enrichies d'une mousse épaisse, couleur d'or, qui les garantit des noires morsures de l'air. Je m'approche de l'autel, je le touche de la main, et je tombe aussitôt dans une des extases habituelles aux druides ; j'évoque le passé, et j'ai comme une vision des luttes de nos ancêtres.

Des Gaulois m'apparaissent à l'entrée de l'enceinte, formant un long cortége bruyant, désordonné, tumultueux. Des guerriers, des prêtres, des femmes, s'avancent vers moi. Un banquet se prépare. Tous bientôt y prennent place.

Tes Grecs, Jean, dédaigneraient de boire à ces cornes de buffle et de goûter à ces mets qui encombrent la table. Le plus âgé commencerait un récit fabuleux, écouté en silence. Ceux-ci se griseraient du nectar des paroles choisies, se nourriraient d'enthousiasme. Ceux-là mangent comme des lions, vident d'un trait les coupes pleines, parlent tous à la fois. Ils disent, non les aventures des dieux, mais leurs propres actions héroïques, toujours vraies et qui cependant toujours provoquent des démentis et des colères.

On entend à cette table des phrases inso-
lentes et orgueilleuses comme celles-ci :

« Tu n'as pas fait cela!

— J'ai fait plus! »

Une injure alors traverse l'air, frappe en
pleine poitrine le narrateur et le blesse d'un
mot aigu comme un dard.

Les deux Gaulois se lèvent. En ces banquets
où tous les hommes des autres nations chantent, se jurent alliance et amitié, les Gaulois se
convient à la mort.

J'assiste à ce duel avec la même curiosité
que les autres spectateurs. Je ne m'indigne pas
plus que ces prêtres et que ces femmes. Je
regarde, avide de voir des hommes qui se
battent. Je suis Gaulois!

Voilà mes guerriers demi-nus. Frères tout
à l'heure, et maintenant ennemis! Ils se me-
surent en fils de la Gaule, sans ruse. L'un des
deux est plus faible, mais plus agile et plus
beau. Les femmes souhaitent qu'il triomphe.
Les vieillards l'encouragent, les jeunes gens

l'excitent. Le plus fort est sombre, il a le front courbé, l'œil soupçonneux, les lèvres amères. La lutte, inégale, dure peu. Le jeune et beau guerrier mord la poussière blanche des grès, il la rougit de son sang.

Vingt autres se précipitent pour venger leur parent, leur ami, un vaincu. Le vainqueur les repousse et refuse de se battre avec eux. On lui lance de toute part l'insulte et la menace.

« J'ai une querelle à vider, dit-il ; envoyez-moi ce Germain, qui là-bas mange à notre table, nous espionne et nous trahit, j'en ai la preuve.

— Et l'hospitalité ?

— Qu'il ose me démentir ! Allons, barbare, viens expier tes trahisons.

— Je hais le duel, réplique le Germain, et je ne combats que certain de ma supériorité. »

Il jette un long cri. A ce signal, des guerriers étrangers envahissent l'enceinte sacrée. Jusqu'aux femmes, jusqu'aux druides, tous ra-

massent les armes, les brandissent avec des
rugissements de haine et de vengeance.

Le Gaulois qui a triomphé tout à l'heure
fait des prodiges de courage pour protéger son
blessé contre les coups des Germains.

Un combat terrible s'engage, et je crois y
prendre part. Quand la force n'est que dans le
nombre, que la vaillance compte, que la valeur sert, que la passion de la gloire palpite au
cœur et double les énergies du bras qui frappe,
alors on jouit de la guerre. On voit sous ses
yeux l'ennemi faiblir, tomber, mourir! On l'a
vaincu de sa main! On l'entend de ses oreilles
ou maudire, ou demander grâce!

Défendre un sol adoré, un coin du ciel, la
plaine qui s'étend, la maison couverte, l'abri
des bois, le champ cultivé, défendre la femme
patriote qui prend les armes à vos côtés, l'enfant qui se désespère de son enfance parce
qu'il ne peut se battre encore, défendre ses
coutumes, ses mœurs, ses lois, ses libertés,
même celle du duel, chasser de la forêt sainte

le vil ennemi qui s'y est glissé par trahison, cela enivre un guerrier et fait de lui un brave, un héros !

Ils sont ruisselants de sueur et de sang, mais qu'importent au Gaulois les blessures qu'il a reçues. Il ignore la souffrance et se tient debout, toujours combattant, jusqu'à ce que la mort l'entraîne dans les cercles tourbillonnants du bonheur éternel.

Je chéris nos pères et je me sens revivre en eux. J'exige de mon imagination qu'ils soient ici vainqueurs des Germains. Hélas! hélas!... Mais pourquoi désespérer? « Au gui l'an neuf! » criaient les druides en cueillant la plante sacrée.

Moi aussi je cueille un gui sur les chênes de la Gorge-aux-Loups : A celui-là les années nouvelles!

Décidément votre visage, celui de Madeleine et le tien me poursuivent. L'une des druidesses qui assistait au banquet, vêtue de blanc, couronnée de houx, les cheveux dénoués sur la

nuque, l'œil plein de défis, le doigt levé pour
ordonner et soutenir le combat, ressemblait à
Madeleine. C'est bien extraordinaire! J'ai songé
depuis que ce pouvait être quelque Vénète du
Morbihan, sœur des Vénètes de l'Adriatique.
Ne me dis-tu pas, dans ta lettre de Paris, que
ta mère est de famille vénitienne?

J'ai hâte de te lire.

Ton ami,

Pascal.

JEAN A PASCAL.

Merci de tes deux lettres qui sont pour moi pleines d'invitation à la pensée, lorsque j'aurai le temps de me recueillir.

Ah ! tu trouves des druidesses qui ressemblent à Madeleine ! Voilà une découverte que tu n'emporteras pas au cercle d'Abred. Si j'étais moins généreux, je dirais... Non, je me tais, la générosité étant silencieuse.

Je recopie mes notes à Brieg, et je te les adresse dans leur suite.

Nous quittons Lausanne et faisons en chemin de fer un petit voyage au bord du Lac.

5

Ma jolie sœur continue de médire sur les montagnes de l'Helvétie, qui ne sont pas une suite majestueuse de sommets, qui sont bien plutôt un fouillis de dents, de pics, de hachures déchiquetées, de blocs sans contours, de masses informes. Point de lignes, point de dessin ; rien de noble, partant rien de beau !

Le paysage suisse, recommence Madeleine, ne peut fournir qu'au crayon noir et à la sculpture sur bois, il est indigne de la peinture. Elle nie l'école suisse et prétend, non sans raison, que tous les peintres de talent, nés dans la verte Helvétie, ont peint des paysages italiens.

A Sierre nous prenons un voiturin.

Madeleine regarde autour d'elle et se tait. Le paysage, vraiment grandiose, est inattaquable. Il serait par trop humiliant d'en convenir. La couleur est encore un peu brusque, un peu tranchée, selon l'expression de la petite Mademoiselle, mais les gorges ont un caractère de sauvagerie qui défie toute satire. Le Rhône, écumant, lumineux, maître de ses rives, court avec emportement vers notre France.

Dans la gorge de Pfin je montre à Madeleine un torrent qui coupe le flanc noir d'une haute cime et tombe en poussière d'eau, en nuage de rosée, à pic sur le Rhône. Plus loin le soleil couchant lèche en langues de feu un magnifique sommet de granit rouge, la Jemmie, pierre précieuse sertie dans des coulées de neige.

Les montagnes, en effet, sont moins hachées, moins déchiquetées. Elles prennent des physionomies, des figures, et se penchent sur le Rhône profond. Elles sont sœurs de l'abîme, y plongent, l'interrogent.

Ici, un grand sphinx pose au fleuve une énigme à laquelle chaque flot se hâte d'échapper. Plus loin, un homme couché, la tête levée, regarde passer le temps sur les hauteurs. Que cette gorge est resserrée! Le Rhône seul a pu la creuser à force de violence, de luttes incessantes, d'assauts hardis contre de telles roches.

Des prairies marécageuses, fleuries dans
chaque brin d'herbe, nourrissent d'admirables
troupeaux de chèvres luisantes, à la longue
soie noire ou blanche. Les vaches brunes et
rousses descendent des collines et secouent
leurs colliers de clochettes qui tintent avec
des notes pressées dans l'air du soir.

La nuit vient, monte du fond de la gorge,
étend ses voiles sur les eaux du fleuve, habille
d'ombres le pied et les flancs des montagnes,
et nous entoure d'une brume grise, tandis que
le soleil empanache encore les cimes de ses
dernières flammes.

Notre mère s'endort. J'ouvre mon carnet, je
t'écris. Madeleine me demande si c'est pour toi
que je prends toutes ces notes. Je réponds
« oui ». Elle me gronde, et déclare qu'elle te
refuse pour compagnon et pour témoin de notre
voyage. Elle ne doute pas que je ne te raconte
ses faits, gestes et paroles, et elle s'oppose à
ces confidences, à ces indiscrétions.

Je suis forcé de convenir que déjà je t'ai

entretenu de ses jugements ou plutôt de ses paradoxes sur la Suisse. Elle me supplie de cesser de t'écrire. Je résiste avec un courage dont je m'étonne et qui m'honore.

« Je m'observerai », dit solennellement Madeleine.

Elle boude, mais cela dure peu.

« Crois-tu donc, me demande-t-elle, que Pascal te rende l'amitié que tu lui prodigues?

— J'en suis certain.

— Comment le pourrait-il? Tu es expansif, il est retenu; tu es enthousiaste, il est réfléchi; tu te répands, il se garde; tu es ardent, il est froid. C'est une nature qui reçoit, qui s'alimente, qui emmagasine sans avoir conscience des devoirs du retour et de l'échange.

— Cependant le bienfait de son affection pour moi est manifeste. Sans lui, je n'eusse été qu'un traîneur de sabre, ne songeant qu'à vivre, livré à l'unique passion d'être jeune.

— Pascal, certes, n'est pas nuisible. Je nie seulement sa générosité. Il est comme un trop-

plein qui se déverse et s'arrête au niveau qui
entamerait ses réserves. Cet homme n'écoute
que ses voix intérieures, n'aime que les images
peintes en lui et par lui !

— C'est peut-être un visionnaire, ce n'est
pas un égoïste.

— Je vois en son esprit un monde à part,
Jean, un monde inutile. Sans doute, il est
riche de trésors amassés. Si ce n'est pas un
égoïste, c'est un avare. Il a l'excessif respect
de son intégrité. Contemplatif, il préfère à son
meilleur ami la solitude. Il est fatalement
voué au faux en tout. Il vivra incompris et
mourra sectaire. Créateur d'un idéal qu'il a fait
à sa ressemblance, qu'il évoque en soi, auquel
il se consacre, qu'il encense des fumées de lui-
même, il se consumera sans profit pour les
autres. C'est un orthodoxe d'une religion patriotique étroite, exclusive. Il sacrifie à l'erreur,
et dérobe à la patrie réelle des richesses, des
forces que nul homme propre à l'action n'a le
droit de dissiper en rêveries. Ton amitié, mon

frère, le maintient à des hauteurs où d'autres
que vous deux seraient pris de vertige. Ta
gaieté le réveille, l'avertit et le gare. Sans toi,
il courrait à l'absurde. Pascal se complaît parfois dans une sorte de prison cellulaire. Il est
son prisonnier. Il s'interdit tout commerce
avec l'extérieur. Le manque de relations le
rendra insensé. Vois-le : écoute-t-il ? Parle-lui :
entend-il ? Il n'est jamais présent que pour
lui-même, visible que pour lui, attentif qu'à
sa seule pensée. »

Et comme elle se taisait :

« Est-ce tout ? demandai-je.

— Puisque tu le chéris, continua-t-elle,
sans se soucier de mon impatience, tu devrais
le forcer à se verser, à se partager, à aimer. Il
idolâtre la France, eh bien, qu'il soit Français !
Oblige ce cœur à battre pour autre chose que
pour des simulacres. Fais-lui honte de sa
sécheresse, au lieu de le louer comme un héros,
de l'encenser comme un saint. Crois-moi, Jean,
la dignité raide ne vaut pas l'expansion sans

désordre, et l'affectation de la sagesse est toujours inférieure à l'énergie naturelle d'un tem-
pérament qui sait se gouverner. Qu'est l'inertie
tranquille à côté de la force endiguée? Combien je préfère à ce géant de granit immobile,
ce Rhône impétueux et puissant qui gronde,
mais qui garde le lit ouvert par ses flots.

— Tu oublies les inondations.

— Bah! le limon a quelquefois sa raison
d'être. Pour féconder les terres il est plus utile
que l'eau distillée. Pascal a de ces qualités
négatives qui feraient admettre des défauts
nécessaires. Tu l'estimes au-dessus de toi-
même, Jean, et tu n'es point persuadé qu'il
vaille mieux que toi!

— Mieux, il y a question; plus, j'en suis
sûr.

— Plus! lorsque je t'ai démontré que son intelligence aboutira forcément à la stérilité! De
sa bonté, parlons-en! Son cœur, il est facile à
mesurer! Cet artilleur met les femmes au défi
de l'attendrir. Je crains plutôt pour lui que

l'amour ne l'épouvante. Aimer, c'est donner la moitié de soi-même, et Pascal n'y saurait consentir. C'est un Narcisse! Il est beau pour se plaire, séduisant pour se charmer, instruit pour se distraire, rêveur pour rêver en soi. Ton ami aurait plus besoin d'un tout petit grain d'abandon que des récoltes successives qu'il amasse, qu'il engrange, et qu'il compte dévorer à lui tout seul.

— J'en grignoterai bien quelque chose, répliquai-je, car douter de la générosité d'esprit de Pascal, c'est commettre une injustice.

— Tu m'as écoutée, ne me réponds pas, repartit Madeleine. Tout ce que tu me dirais me viendrait de toi et ne prouverait rien pour lui. Quand j'ai bien pénétré un cœur comme celui de Pascal, je m'efforce de ne m'y point attacher. Je sais que la pire des tortures est l'épreuve du tonneau des Danaïdes. Je connais ton ami comme je me connais moi-même. J'ai été un moment fort occupée de lui, je te l'avoue, et je souriais à l'idée d'apporter la

5.

lumière à cette belle âme ténébreuse. Mais j'ai
précipité de ma pensée, de mes sentiments, ce
Lucifer orgueilleux et ingrat. Si tu lui écris,
répète tout ce que je viens de te dire. Après-
demain, probablement j'aurai fixé mon sort.
J'ai vingt ans, et je ne me refuse pas à choisir
un fiancé, fou de moi, dit-on, sans m'avoir
jamais vue. Le destin m'offre là une compensation qui me flatte, à laquelle je suis sensible.
Ajoute à mon homélie chrétienne sur Pascal
cette bonne aventure que je lui prédis sans sor-
cellerie : Tout en lui est préméditation. Sa route
morale est tracée ; il en redressera les courbes,
en écartera les rencontres, en marquera les
étapes, en touchera le but. Il atteindra le dé-
veloppement monstrueux de sa volonté et de
sa raison. Il voudra tout ce qu'on peut vouloir,
raisonnera tout ce qu'on peut raisonner. Au
profit de qui et de quoi ? De la conception du
vrai, de la recherche de son bonheur, de son
abnégation envers les autres ? non ; au bénéfice
de son orgueil. Mais cessons, Jean. Nous voici

à Brieg. Tu m'as fatiguée. Ne me parles plus jamais de Pascal, je te le défends! »

Ma mère s'éveilla ou feignit de s'éveiller. Elle avait entendu la fin de notre conversation, j'en jurerais.

« Ta sœur a la fièvre, dit-elle, en prenant la main de Madeleine. Vous avez trop jasé. Tu lui fais mal, Jean. Est-ce là ce que tu te proposes? »

Madeleine, en effet, avait la fièvre. Le diable m'emporte, si demain je prononce une syllabe de ton nom!

Il est trois heures du matin, et nous partons à huit pour Stresa.

C'est là que nous embrasserons, mon, son, notre cousin Spedone–Bruzella. Quelle fête!

Bonjour,

JEAN.

LE MÊME AU MÊME.

Stresa, 2 octobre.

Le cousin n'arrive qu'à deux heures cette nuit. Je me dispenserai de l'attendre.

Donc nous quittons Brieg. La courbe succède à la courbe, le lacet au lacet. Dès le premier contour de la route du Simplon le paysage est admirable. Monter et descendre pour remonter et pour redescendre, gravir lentement les hauteurs une à une, les enlacer, en atteindre la cime, les perdre, les voir disparaître et réapparaître, franchir des torrents qu'on suit, qui vous accompagnent, qui vous quittent, auxquels on revient, c'est le récit de toutes les ascensions.

Mais je ne t'épargnerai point le détail de la nôtre.

Cette route hardie doit nous élever par degrés jusqu'au glacier du Simplon, jusqu'à l'hospice, jusqu'au village.

Les sapins escaladent les versants les plus abrupts, assombrissent les gorges, noircissent les noirs précipices. L'ombre est sinistre au fond des torrents de la Saltine, de la Ganther et de la Glys. Ce sont les entrées du Ténare.

Madeleine est pâle, agitée, fiévreuse encore. Ma mère a le vertige. Seul je contemple les glaciers aux arêtes tranchées et les moraines onduleuses. La lumière, sollicitée, se répand en masses ruisselantes sur les neiges, les inonde de colorations pourpres depuis le rose le plus pâle jusqu'au rouge le plus ardent.

L'esprit est allégé dans la région des glaciers. L'air est si rare qu'il disperse les idées confuses, comme un jour pur disperse les nuages.

Il n'y a pas à dire s'écrieraient certains bourgeois de notre cher Paris, les cimes élèvent
l'esprit de l'homme !

Les aspects de la route varient à chaque
instant ; la verdure change de tons ; les roches,
tantôt sont grillées par le soleil, tantôt habil-
lées de mousse par l'ombre, selon que les
détours du chemin nous transportent du nord
au midi.

Des enfants courent après notre voiture et
nous offrent des bouquets d'épine-vinette, de
fraises, d'airelles, de mûres sauvages. Ces
fruits rouges et noirs amusent Madeleine qui
les achète et les mange.

Tout à coup une voix assourdissante gronde
au-dessus de nous. Une cascade énorme sort
furibonde des entrailles du glacier, se lance
en chute d'une hauteur vertigineuse, franchit
avec une puissance effrayante des obstacles
qui augmentent l'affolement de sa course, rencontre une galerie de la route qu'elle saute
d'un bond immense, et se jette enfin dans

l'abîme qui pousse des clameurs formidables. La cascade, broyée sur les roches, éclabousse de nuages d'eau la montagne entière.

Ma mère effrayée supplie notre conducteur, qui pourtant fouette ses chevaux, de se presser davantage.

Madeleine et moi nous voulons réentendre ces mugissements, revoir ce spectacle extraordinaire. Nous rentrons à pied sous la galerie. Le sol tremble. Les voûtes tressaillent. La route couverte, éclairée par des arches, nous permet de nous approcher jusque sous la cascade qui rugit sur nos têtes. Une nappe épaisse et lourde se plie en arceau gigantesque, colossal, et se renouvelle avec une telle rapidité que nos yeux n'en peuvent suivre le mouvement. Le soleil la pénètre dans sa masse, la crible d'étincelles dont il nous est impossible de supporter l'éclat. Tant de bruit, tant de force, tant de scintillement nous étourdissent. Une puissance irrésistible nous dompte. La nature nous subjuge, nous anéantit. Mon cerveau résiste mieux à la sensation de l'écrasement que celui de Madeleine. Elle s'engourdit, ferme les yeux. Je l'entraîne et nous échappons aux menaces, à la furie de l'eau.

Ainsi, le glacier immobile engendre cette chute et lui donne une pareille impulsion! Le mouvement, que les siècles ont fixé, s'ébranle, se reconquiert, et retrouve la somme de ses forces accumulées. Ce qui était glacé se réchauffe, ce qui était retenu s'élance, ce qui était prisonnier devient libre, ce qui vivait uniquement dans le temps dévore l'espace.

O mon ami, pardonne à cette littérature. Sois indulgent pour mes phrases comme je suis indulgent pour les tiennes. A l'altitude où je suis, deux mille trois cents mètres, n'est-il pas permis de se jucher un peu?

Je refais ici la campagne d'Italie, et, la route tracée, l'histoire écrite, les fautes signalées, les surprises découvertes, les retards prévus, les piéges éventés, il m'est loisible de la recommencer plus étonnante encore.

Nous passons devant l'hospice bâti au milieu des landes. Une seule chose est gaie dans
ce désert : ce sont les lichens d'un vert tendre
qui recouvrent les roches vieillies et les obli-
gent à coqueter d'un air aimable avec des
façons printanières.

Nous tournons autour d'un nouveau glacier
qui se laisse glisser jusqu'au pied de la montagne. Il a le premier déblayé la route que
nous suivons. Ses eaux ont entamé le dur
granit.

Nous entrons dans la vallée de Josaphat !
Les flancs de ces hauteurs se sont-ils ouverts,
leurs entrailles se sont-elles déchirées au son
de la trompette du jugement dernier ? Des
pierres sont éparses, culbutées ou dressées.
Elles gisent piteusement échouées sur le sol,
effarées, lamentables. Elles se seront précipi-
tées de la montagne, croyant à quelque miracle, prenant une secousse, un tremblement
de la terre pour un signe de résurrection, et la
foudre des nuages pour la voix de Dieu. Le

drame est d'hier. Les blessures de la montagne
ne sont pas encore cicatrisées.

Un ravin qui coule au milieu de ce boulever-
sement essaye en vain de chanter. Il pleure.
Nous nous étions promis de goûter sur l'herbe
après avoir quitté l'hospice, mais ma mère et
Madeleine sont dans un état d'agitation singu-
lière ; cet effondrement de la montagne leur
fait peur. Elles me déclarent vouloir sortir tout
de suite de cette gorge affreuse.

Notre conducteur nous oblige à faire halte
pour relayer ses chevaux. Au-dessus de l'au-
berge où nous nous arrêtons le glacier est
comme suspendu. Nous nous asseyons dans
une prairie étroite où sont des faneuses qui
secouent gravement le foin coupé. C'est la première fois que je trouve des faneuses tristes.
Ces femmes vivent au fond des étables huit
mois de l'année.

Enfin nous repartons. Notre cocher que j'ai
prévenu lance ses chevaux à fond de train.
Nous brûlons la route, mais le glacier nous

suit, les montagnes grandissent, la gorge se creuse. Moi-même je suis saisi par une vague angoisse. Cette nature ennemie de toute lumière, de toute grâce, de tout sourire, est féroce. Je vois la marâtre, parcheminée; les seins noirs et flétris. Elle a pour chevelure, sur un chef dénudé, quelques pins rares, à l'écorce en lambeaux, que la mousse ronge jusqu'à la hampe. Une ombre humide et inféconde enveloppe la montagne.

La route, ouverte à la mine, taillée au pic, contourne la base du glacier et descend droit sur un précipice où elle s'engouffre par la galerie d'Algabi.

Nous sommes dans la vallée de Gondo!

Madeleine et ma mère jettent un cri d'épouvante et se cachent le visage. C'est l'abomination de la désolation! Au sortir de la galerie la route côtoie l'abîme, elle en fait partie. Une eau lourde, sans clartés, gémit entre des pierres verdâtres. Les parois de la montagne ont une élévation de 700 mètres. Notre voiture ressemble au carrosse d'un lilliputien. Nous avons tous trois une sorte de vertige de la hauteur. Madeleine, quoi que je dise, s'affole et me supplie de l'arracher à ce gouffre... C'est magnifique et c'est horrible ! Nous parlons et nous ne nous entendons pas. Nos voix prennent des notes étranges, des sonorités de caverne, et ne peuvent percer les quelques millimètres qui nous séparent, tant l'atmosphère est épaisse au fond de ce défilé.

J'essaye des plaisanteries qui ne se détachent point de mes lèvres. De quelque côté qu'on se tourne, ce sol, ces pierres, ces eaux, portent un méchant défi à l'homme, repoussent les bienfaits de son travail et de sa force, imposent même silence à sa parole.

Le glacier si morne un instant plus tôt est presque aimable relativement.

Le gouffre va toujours se resserrant et bientôt se ferme sur nous... Mais le rocher s'ouvre, on ne sait comment, et nous nous enfonçons dans un tunnel sombre, de plusieurs centaines

de mètres, ruisselant d'eau, boueux, sinistre,
sous lequel mugit et se lamente le torrent de
la Doveria, et que la chute de Fressinone
barre à sa sortie.

Madeleine tremblante ne cesse de balbutier :
« Assez, assez! »

Lorsque nous traversons la chute qui nous
inonde et remplit l'air de ses rugissements,
c'est un tel fracas, que ma mère et ma sœur
effrayées saisissent mes mains en criant, et
que je me dresse pour les protéger. Je n'ai
jamais vu de lieu plus impitoyable et mieux
fait pour être maudit !

Je suis impuissant à calmer la terreur de
mes chères compagnes, et l'angoisse vague
que je n'ai cessé d'éprouver dans la vallée de
Gondo se transforme en une douleur précise,
aiguë, intolérable.

Qui dira les rapports mystérieux des pensées de l'homme avec les objets extérieurs? En
face de cette nature, je songe à nos désastres,
à l'inclémence, à la dureté de nos ennemis.

Les ruines, les ravages de la guerre se repré-
sentent à mon souvenir.

Nulle consolation ici. J'ai peur d'y laisser
toute espérance !

Le jour tombe derrière le glacier. L'imperceptible ligne bleue du ciel qui partage la
montagne en deux comme une brèche, se teint
de rouge. Nous respirons mal à ces profon-
deurs, et notre souffrance croît à mesure que
le glacier devient plus pâle et le ciel plus
sanglant.

Tout à coup sur le miroir blanchi des glaces
éternelles une faucille d'or apparaît. C'est un
des premiers emblèmes de tes druides, Pascal,
un croissant aminci de la lune ; c'est une image
de la France !

Pourquoi l'ai-je quittée, ma tant aimée?
Pourquoi ai-je regardé d'autres terres que les
siennes? Le visage de la patrie délaissée dans
l'épreuve est triste et sévère. Notre France me
reproche durement de l'évoquer en la vallée
de Gondo. Je parle à cette vision, je l'implore,

je m'accuse d'infidélité, je demande grâce; j'ai
la fièvre et un peu le délire. Que me répond-
elle? Je n'en ai gardé nulle trace en l'esprit.

« Tais-toi! s'écrie Madeleine avec colère et
d'une voix qui domine le bruit de la Doveria.
Que cette affreuse porte de l'Italie me ferme
au moins la France! Je proteste à la fin contre
tant de gémissements. Je me lasse d'être patriote. On m'a fait verser trop de larmes pour
des terres, je me suis trop lamentée sur la
perte de nos forteresses, j'ai eu trop de chagrin
de la ruine de nos provinces, on m'a poussée
à un trop violent désespoir national. Puisque
la coupe de ma souffrance déborde, je la renverse! Assez de tragédie française! Je ne pleu-
rerai plus la Lorraine de Pascal. J'entre dans
la patrie de ma mère. Si tu trouves derrière
toi, Jean, l'image de la France mutilée, va-
t'en! Tu es militaire, tu peux haïr, rêver vengeance et revanche. Moi je veux aimer, rêver
de jeunesse et de bonheur. Je veux des paysages souriants, une patrie qui n'a point de

blessures. Quand j'aurai quitté cette gorge habitée par la mort, je veux vivre. Après tant d'ombres il me faudra des océans de lumière. Les tristesses qui ont bouillonné en moi, comme l'eau noire de ce torrent, courent aux lacs bleus. *Italiam! Italiam!* la fille de ma mère te revient, sois ma consolation, sois ma joie! »

Notre mère attire Madeleine sur son cœur, et la garde.

« Je te la reprends ici, me dit-elle, triomphante.

— Ma mère, allez-vous répudier la France de mon père, renier la patrie de votre fils? m'écriai-je, le cœur brisé.

— Oui, parce vous avez outre-passé la mesure des désolations que vous aviez le droit de m'infliger. Ton père, plus d'une fois, pendant la guerre, m'a reproché d'être Italienne quand je m'efforçais d'être Française. Pascal et toi vous m'avez abreuvée de vos soucis, de vos inquiétudes, de vos regrets. Je reviendrai à ton père, parce que je l'aime, mais je ne le

6

ferai qu'après avoir donné ma fille à ma patrie à moi, qui ne l'obligera pas à gémir, à pleurer. Madeleine te l'a dit, et je te le répète pour elle : assez, assez ! »

Toutes deux, en elles-mêmes, s'éloignent de moi et de la France malheureuse. Mon cœur se déchire et se raffermit à la fois.

Je lève les yeux de nouveau vers le glacier. La faucille d'or s'effile dans un ciel rose. L'emblème n'a point disparu. Un jour de bataille, tu t'en souviens, Pascal, le jour de Gravelotte, nous nous sommes, toi et moi, donnés à la France âme et corps... Je ne me suis point repris dans le val de Gondo. Peut-être as-tu raison, frère, peut-être, quand on l'aime, ne faut-il aimer qu'Elle?

Je t'ai pour ami, et je l'ai pour amour !

JEAN.

PASCAL A JEAN

A STRESA.

Fontainebleau, 1er octobre.

J'ai reçu ta lettre de Lausanne. Madeleine y est très-amusante, comme tu le dis, et je suis heureux d'avoir au fur et à mesure le récit de ses impressions de voyage. Si elle ne jette pas tous ses feux dans ses paradoxes sur la Suisse, j'imagine que son admiration pour l'Italie sera curieuse.

Mais prends garde, Jean, qu'elle ne se laisse un peu trop charmer par ce pays de la lumière, si voluptueux, si enivrant, et, dit-on, si beau à voir.

Ta sœur est légère, quoiqu'elle ait des soli-

dités de cœur et d'esprit. Nous l'avons peut-
être fatiguée de nos lamentations patriotiques.
J'y réfléchis depuis ce matin et j'ai peur que
nous soyons coupables d'imprudence. Ta mère
se referait volontiers Italienne par sa fille.
Ce mariage dont tu me parles en est la preuve.
Elle dissimulera donc à Madeleine tous les
ennuis d'un changement de nationalité, lui en
montrera les avantages, et lui promettra au
besoin d'habiter Venise avec elle durant les
longues absences de ton père.

Tu ne dois pas permettre, pour le bonheur
même de Madeleine, si Française, qu'elle s'ex-
patrie, qu'elle s'exile! Lutte contre ce projet
qui te désespère, que votre père blâmera, j'en
suis certain. Je t'ai raconté, n'est-ce pas, son
enthousiasme pour l'acte d'un Italien qui s'est
fait naturaliser Français aux jours de nos plus
grands désastres, à la conclusion de la paix!

« Autant, me dit-il à ce propos, c'est être
noble et généreux que de réclamer, que d'accepter les devoirs, les épreuves de notre

France vaincue, autant il serait criminel de se soustraire à ses malheurs après qu'on a joui de sa fortune. »

A Madeleine, il faut Paris, il lui faut un mariage français, un homme brillant, sûr de lui, de son esprit, de sa gaieté, de sa jeunesse, pouvant effacer d'un trait les adulations de cent amoureux, un homme à l'abri des surprises, des risques, de l'imprévu, qui sache l'existence l'ayant traversée, et qui, après avoir goûté de l'amour faux, soit résolu à dédaigner tout ce qui n'est pas l'amour vrai, c'est-à-dire le culte pour une femme de la beauté, de la grâce, de l'intelligence de Madeleine.

Il est nécessaire, Jean, que le mari de ta sœur ne soit point un naïf, livré sans défense aux caprices, aux fantaisies de Madeleine. Si l'on arrivait trop riche de cœur dans les mains de cette superbe, ou si l'on s'offrait sans compter, elle dépenserait avec ostentation ses richesses en un jour. Je lui voudrais un don Juan au moment où il additionne en bâillant

6.

ses mille e tre victimes sans en regretter une seule, où il s'avoue qu'il lui faudra recommencer la série ennuyeuse, écœurante, monotone de ses succès, s'il ne trouve enfin la *mille e quarta!*

Orgueilleuse, rêvant de dominer celui qu'elle épousera, cherchant la royauté dans le mariage et faite en même temps pour mépriser un esclave, il serait imprudent de lui donner un mari vénitien de nature aimable, facile, plus souple que ferme, plus patiente que résolue, plus poétique que résistante. Venise, son ciel et ses fils ont déjà la beauté, mais aussi la mollesse orientale.

Madeleine ne supporterait pas une année la solitude où se calfeutrent les femmes de la noblesse vénitienne, qui sont très-peu mais un peu délaissées au fond de leurs palais, sauf au temps bien court des réjouissances publiques, au carnaval. Elles vivent entre elles, sans liberté, et puis... sans société française! Et sache-le bien, Jean, on souffre beaucoup des différences d'éducation, de mœurs. Quand on voyage, qu'on observe, on se réjouit des originalités de tous les usages, de toutes les coutumes. Mais imagine comme il doit être cruel de subir les exigences, les habitudes, les tyrannies locales à l'étranger. Cela devient d'autant plus douloureux qu'on était un modèle plus accompli des belles manières, des formes élégantes d'un autre milieu.

Sauve Madeleine de l'entraînement factice qu'elle va subir, je le crains. Fais que ton esprit français soit irrésistible, que ta vivacité, que ton charme, luttent contre le charme, contre la vivacité d'un Italien. Ne néglige rien de toi, surveille la plus insignifiante de tes paroles. Fais à ta sœur pour la France une cour délicate, raffinée, qui la force à reconnaître combien la galanterie étrangère est inférieure à la galanterie française. Apporte dans le moindre de tes actes la séduction de notre patrie. Sois distingué jusqu'à la recherche. Songe que te voilà en Italie et qu'on peut

porter sur la France un jugement que l'aspect
de ta personne aura provoqué.

Lorsque la France était intacte nous avons
pleuré avec l'Italie. Quoique ce soit autrement
difficile, efforce-toi de sourire aux joies de
la patrie voisine et ne lui demande pas des
larmes aujourd'hui, en échange de tes pleurs
d'autrefois. Je ne veux pas que mon frère se
souvienne de nos malheurs avec pitié. Qu'on
dise en Italie des Français en t'écoutant :
« Leurs terres d'Alsace et de Lorraine sont pri-
sonnières, mais eux sont libres encore. Leur
courage n'est point défait, ni leurs espérances
conquises, ni leur honneur écrasé ! »

Salue en Français le passant italien qui lève
son chapeau sur les routes. Sois généreux,
puisque tu es riche, avec ceux qui parlent ta
langue, qui te servent ou te guident. Paye-les
avec notre bel or qu'ils convoitent et qu'ils
aiment.

Sois fier sans hauteur, et que nulle part nul
homme ne se croie le droit de voir en toi un

vaincu. Applaudis sincèrement à la renaissance nationale italienne. Interroge, étudie, apprends par quels sacrifices chaque Italien aide à la fortune de l'Italie nouvelle, et promets-toi de le dépasser en patriotisme.

Madeleine, en t'écoutant, se sentira plus d'une fois Française, et tu la garderas à la France.

Elle va courir un grand danger. Les adorateurs qui l'entouraient à Paris, tous élèves de nos écoles, aimant la patrie avec ardeur ou subissant l'influence de l'opinion bourgeoise dans leurs familles, opinion épeurée, gémissante aux heures de transition politique, étaient tous ou haineux ou inquiets. La plupart de nos amis comme nous ont participé à la guerre, et déjà, si jeunes qu'ils soient, ont à raconter leurs campagnes et les racontent. Cela fait que la jeune société française a un fonds d'irritation, d'impatience, qui la rend plus amère que gaie, plus discoureuse que spirituelle. Si la France y doit gagner, les femmes y perdent. Ce qui, pour toi et pour moi, est depuis deux ou trois ans une consolation et une espérance, a pu devenir un sujet d'ennui pour Madeleine comme il en est un pour ta mère.

« Les jeunes hommes de votre pays ne sont plus ce qu'ils étaient autrefois quand j'ai aimé le lieutenant Lalande, mon mari », m'a souvent répété ta mère.

Au temps de la domination croate, les femmes vénitiennes voyant au milieu d'elles un Français libre du joug étranger, orgueilleux de la suprématie extérieure de sa patrie, se laissaient facilement charmer par son esprit, par son amour du plaisir, son entrain, sa légèreté insouciante. Les jeunes filles se disaient : « Le Paris de là-bas est joyeux, on y rit, on y danse, on s'y amuse », et désiraient être Parisiennes.

Craignons, Jean, qu'aujourd'hui Madeleine ne préfère à des Parisiens désolés, découragés, un Vénitien qui revit, qui renaît, qui s'épanouit avec sa Venise délivrée.

Conte-moi vite cet amoureux qui va vous apparaître dans le cadre des lacs et profiter de l'attrait du paysage.

Défends Madeleine contre elle-même avec plus d'habileté que de passion. Si la France peut triompher, sois vainqueur. Invoque la nature elle-même pour qu'elle te protége, ô païen !

Ton ami,

PASCAL.

JEAN A PASCAL.

Stresa, 3 octobre.

Tes conseils ne sont pas de trop. Je m'abandonnais. Je cours sérieusement, comme tu le prévois, le danger de perdre ma sœur, de la voir ravie à notre France.

Ce matin, en m'éveillant, j'étais tout chagrin de la scène d'hier. J'avais été hanté la nuit par le souvenir affreux de la vallée de Gondo. Je me levai fenêtres closes, après avoir lu ta lettre, que la poste voulut bien remettre à un courrier de l'hôtel sur la présentation de ma carte. Je finissais ma toilette lorsque s'ouvrit brusquement la porte d'un balcon par lequel entra le lac Majeur.

7

Je l'avais à peine entrevu hier soir dans la
brume et dans la confusion de mes esprits. Il
me sauta aux yeux en festoiement de lumière et d'éclat. Je fus ébloui. Ma mère
l'accompagna dans ma chambre. Elle était
toute rajeunie, vêtue de mousseline blanche.
Derrière elle vint Madeleine, habillée de bleu
couleur du lac, et le cousin Spedone-Bruzella !

Non, je n'ose te le peindre. Je suis abasourdi. J'ai l'envie folle, avant de te décrire
le personnage, d'aller le noyer. Il a toutes les
cartes dans son jeu. Si je gagne cette par-
tie-là, je serai sorcier. Hélas! hélas!

Il ne m'a pas dit quatre phrases. Il a deviné ou on lui a dit que je l'enverrais au
diable à sa première apparition, et il a juré
de me plaire par sa réserve, chose difficile
à son caractère, je le parie.

Il n'a pas eu de désillusion avec Madeleine.
Elle non plus, paraît-il, car elle m'a dit à
l'oreille :

« Tu sais qu'il te ressemble, et que cela m'amuse ! »

C'est vrai. Il a comme nous ou plutôt nous avons comme lui le type vénitien. Notre cousin a des yeux noirs, des cheveux blonds relevés en noble crinière avec de larges ondulations naturelles ou obtenues. Il a la physionomie des lions de Venise. Sa taille moyenne est bien prise ; ses attaches sont fines et de race. Spedone a vingt de ses portraits dans les tableaux de Véronèse ou du Bordone. Sa barbe dorée illumine un visage ardent, et ne fait point pâlir des regards pleins de feu. Ses dents blanches rient et luisent dans l'or de sa barbe. Il s'incline comme on ploie. Il est très-élégant de ton, de manières, et porte les modes anglaises.

Je ne te dirai rien de son esprit, il ne me l'a point montré, ce qui prouverait qu'il en a. Pour être juste, on ne peut douter de son intelligence à son air et à sa physionomie.

Je vais déjeuner. Le courrier du matin part.

Je t'envoie ces quelques lignes. Je les complé-
terai par une lettre ce soir.

Pourvu que cet Achille ait le talon vulné-
rable !   .

Mon plus cher vœu est de ramener Madeleine à ses onze prétendants français. Ah ! si
j'en préférais un seul parmi eux, qu'il me
serait facile de lutter contre ce douzième !
Chose peu commune, je cherche un treizième ;
cherche-le donc avec moi...

Ton camarade,

JEAN.

LE MÊME AU MÊME.

Il a une verve enragée, un esprit infernal. Il enlève le trait sans fracas, en un tour de mot. Ma mère nage dans l'admiration.

Madeleine s'extasie sur le paysage et répète qu'ici tout est d'accord, le ciel, les montagnes, la verdure, les lacs. Que veux-tu que j'y fasse?

Je rivalise de gaieté, de bonne grâce avec cet endiablé, mais si cela continue je n'y tiendrai pas. Le mieux est que je l'assomme! J'y songe, et je regrette d'avoir des hésitations.

Crois bien que je me suis pénétré de tes

instructions. Je dois même convenir que le
point national est le seul point noir qui puisse
grossir et menacer le cousin de quelque orage.
Il entonne un peu trop les cantiques et les
hosannas sur son Italie nouvelle. Cela m'a
déjà fourni l'occasion de deux ou trois mots
polis, mais fermes, qui ont été approuvés par
Madeleine.

Nous ne sommes plus dans le val de Gondo.
Tu m'as rappelé à ma foi patriotique. Je ré-
pondrai à Spedone, je lui réponds par la future
France! Je le sens comme toi, il faut emporter à l'étranger une patrie mieux drapée, plus
fière, qu'on aime autrement du dehors.

Je ne la vois plus en image, en figure,
notre France! Je la vois dans ses lignes géo-
graphiques, étendue sur sa carte, ses membres
soudés les uns aux autres, et, quand je détourne
un moment les regards de la plaie saignante
qu'elle a sous la mamelle gauche, j'admire ses
deux épaules plantureuses et solides, la Normandie, la Flandre. Elle a le dos puissant, le cer-

velet chaud en Picardie, la tête un peu ramassée,
un peu rentrée dans le cou comme celle des her-
cules. Cette tête est l'Ile-de-France, Paris. Ses
entrailles gonflées, bien nourries, l'Anjou, la
Touraine, sont grasses, opulentes, pantagrué-
liques. Ses mains sont dures, calleuses : l'une
gouverne la montagne par le travail dans le
Doubs, dans le Jura et la Franche-Comté;
l'autre gouverne une mer difficile sur les côtes
de Bretagne, où sont les Français hardis et
forts. Ses pieds nerveux s'avancent vers l'Es-
pagne et vers l'Italie, dont plus d'une fois elle
a chaussé la botte, qui toujours l'a embarrassée
dans sa marche.

Regardée ainsi, Pascal, notre France a l'aspect robuste et vigoureux. Elle est plus mas-
sive qu'onduleuse, plus enroulée sur elle-
même qu'allongée. Ce n'est pas la fine Italie,
c'est encore la large France.

Ma mère et Madeleine m'appellent. Il me
semble entendre battre la charge. Aux armes!
De faiblesses, de découragements, plus! Me

voici tout ragaillardi comme un tourlourou
après le premier feu.

On propose au travers de ma porte une promenade sur le lac. On veut bien consentir à se
passer de moi si je suis occupé, on me laisse
à ma correspondance.

Halte-là! Je suis l'ennemi et je veille. Me
voilà prêt au combat. On va au feu. Présent!

Au revoir,

JEAN.

LE MÊME AU MÊME.

Entre nous, le lac Majeur, c'est la beauté même. Tout y est aimable, d'une grâce noble. Que de charmes! Les rives sont attirées, retenues par ce lac. Elles glissent sur ses eaux, s'y aventurent, le limitent, mais en l'embrassant.

La lumière court, va, vient, et varie sans cesse en des jeux où elle se plaît à créer des combinaisons toujours nouvelles. Les îles Borromées sont posées comme le berceau de Moïse sur le Nil. La verdure n'a rien d'uniforme, elle est nuancée par les teintes les plus diverses.

7.

Les collines, aux flancs ouverts, montrent leurs richesses de marbre, de porphyre, de pierre dure. Les lointains du lac ont une morbidesse, un attrait, qui invitent l'œil aux rêveries paisibles.

Il y a dans tout le paysage une harmonie d'effet, une douceur, une sérénité qui émeuvent et préparent le cœur à la tendresse. Ici on est amoureux! Je le suis donc de Madeleine par procuration de la patrie française. J'éclate en réminiscences poétiques. J'adresse à ma sœur des louanges, des flatteries qui écrasent toutes les fleurs de rhétorique que l'ardent cousin ose cueillir sur ce rivage et mettre en gerbes pour sa déclaration.

Veux-tu un échantillon de mon savoir-dire?

« O Madeleine, ô jeune fille, supérieure à toutes les créatures féminines d'une nation qui les fait intelligentes et railleuses, belles et jolies, tendres et fortes, enthousiastes et courageuses, que tu es charmante! Sur le fond bleu du ciel ta chevelure dorée se détache et

luit, ta tête virginale s'entoure d'une auréole.
La brise qui roule à la surface de l'eau donne
à ses ondes la forme de glaces taillées à facettes.
Que ton adorable visage, penché hors de la
barque, se réfléchisse des milliers de fois dans
le lac, et glisse de miroir en miroir depuis
Locarno jusqu'à Sesto-Calende! »

Crois-tu qu'après cela on puisse tirer
l'échelle, que ce soit assez troubadour, assez
Clémence Isaure, assez œillet d'or?

Le beau Vénitien ayant une fois ou deux usé
de l'emphase, je me permettrai d'en abuser.
Se jucher d'ailleurs est si facile! Boileau a bien
raison, je ne sais plus où, ni dans quel vers.

Après une heure passée à jouir de l'ensemble
des beautés du lac nous nous dirigeons sur
Isola-Bella.

Nous voguions en silence, ma tirade ayant
jeté quelque fraîcheur dans l'esprit de ma
mère et dans celui de Spedone. Madeleine
rêvait en souriant.

Le contraste de ce lac avec la vallée de

Gondo est si extraordinaire que je me demande si je suis maintenant sorti du réel ou si j'y rentre.

Je t'écris tout ceci au crayon sur une table de jardin, à l'Isola-Bella, tandis que ma mère, ma sœur et le *cavaliere* Spedone visitent le palais des Borromées. J'ai refusé de les suivre dès la seconde salle sous prétexte que j'ai l'horreur des musées de famille. Mon cousin se dépense en cicerone avec une hospitalité véritablement écossaise. Bonne affaire ! Voilà qui fatigue. Lorsqu'on a beaucoup enseigné très-clairement, on a l'esprit lourd. C'est une observation qui m'appartient en propre, et pour laquelle je prendrai brevet. J'ai toujours eu raison, avec les arguments les plus piteux, de nos meilleurs professeurs après leurs plus belles leçons. Si l'on disait au plus grand orateur à la fin de son plus grand discours, recommencez ! moi-même en personne, avec mon humble faconde, je dirais mieux que lui.

J'aime tant à parler, à discuter, à ergoter !

Je suis bavard, et heureusement pour toi, écriturier.

Tandis que Spedone explique, je me repose et garde mon esprit en légèreté. Nous verrons si ma stratégie est imprudente ou habile.

Je m'applique, je m'observe, Pascal; je pèse mes paroles, j'ordonne mes actes, je calcule tout.

O divinités du Lac, Élionomes prophétesses, nymphes des eaux tranquilles, filles de Jupiter, inspirez-moi, secourez-moi !

Allons, bon ! je me reperche sans avoir l'excuse d'une pauvre phrase de Spedone. Si je te faisais du druidisme, passe encore ! Mais comment veux-tu que, si peu chrétien dans Paris, je ne sois pas païen en ce lieu? Tout m'y invite.

Représente-toi un bosquet de lauriers-roses fleuri de haut en bas. Des tourterelles grises voltigent en grasseyant leurs roulades à Vénus. L'eau du lac clapote et chante contre les balustres de pierre. Est-ce la voix des nymphes qui me répond? Jamais la nature n'a pris plus

de soins, n'a dépensé plus d'art, n'a fourni plus
de richesse, n'a fait jaillir du sol une végéta-
tion plus luxuriante pour cacher le mauvais
goût de l'homme, que dans ce jardin Borromée
d'Isola-Bella. Eucalyptus, bambous verts et
noirs, arbres à thé, camphriers, citronniers,
mimosas, magnolias, chênes verts et chênes-
liéges, pins de toute sorte, arbres de tous cli-
mats, de tous pays, des cinq parties du monde,
se côtoient, se rapprochent, s'enlacent, pous-
sent, croissent avec une force, avec une puissance magiques, et abritent les plantes les
moins faites pour être à leur ombrage.

J'aperçois Madeleine, cher Pascal, à ce soir.

9 heures.

Spedone, dans son ardeur, avait surmené
notre mère. Elle fit quelques pas sous les lauriers-roses, et décida que nous allions retourner
à Stresa sans voir l'Isola-Madre. Nous y revien-

drons demain. Madeleine est souffrante sur ce
lac tranquille. Je ne manque pas de m'écrier :
« Que sera-ce en gondole, dans les lagunes ? »
La traîtrise est bien franche. Spedone reçoit le
coup en pleine poitrine, et il bronche.

Nous arrivons à l'hôtel. Madeleine gouaille
sur le peu de solidité de son cœur. Le cousin
débite plusieurs compliments assez fades, assez
démodés ; seulement c'est prononcé avec un
joli accent qui ajoute du sel au moindre trait.
Parmi les onze prétendants de la rue de
Luxembourg, il y en a au moins douze, Pascal,
qui tourneraient mieux que cela une phrase à
la bergamote.

J'ai entraîné Madeleine au balcon. J'ai lancé
mon épigramme sur le goût, sur la fraîcheur
des bouquets à Chloris de Spedone, et puis,
tout aussitôt, pour que l'épine demeurât dans
la piqûre, je changeai de conversation. Je
m'extasiai sur la nuit, sur les étoiles dont
les rayonnements sont ici plus allongés qu'ailleurs. Je célébrai en prose poétique le gris

bleuâtre du lac, l'élégante silhouette des montagnes, aux lignes distinctes, quoique enveloppées d'ombres noires.

« S'il y avait un homme digne des ambitions de mon cœur pour toi, Madeleine, ai-je ajouté, un homme qui pût te faire connaître, non les agréables langueurs de la sentimentalité, mais la noble ardeur des passions exceptionnelles, la sublimité du grand amour, ce que te dirait cet homme, je voudrais un jour l'entendre te le dire à cette heure, en cet admirable lieu.

— Mais notre cousin, répliqua-t-elle, n'est-il point un adorateur sans pareil?

— Spedone, repris-je, oui, dans les premières minutes d'une première apparition; mais il ne m'ébahira plus demain matin comme aujourd'hui. Je m'acclimate à ses perfections et à sa beauté. »

Survint le loup, qui cherchait aventure. Je n'ai rien d'un agneau et ne cédai point la place. Nous causâmes tous trois de choses et d'autres jusqu'à onze heures. Ma mère, qui s'était assoupie, se réveilla pour nous renvoyer chacun chez nous.

Frère, il faut dormir !

JEAN.

PASCAL A JEAN.

Fontainebleau, 2 octobre.

Ta seconde lettre de Lausanne est, grâce à Madeleine, beaucoup plus réjouissante encore que la première. Ah! le pauvre Cervin! Il l'a comme moi échappé belle! Certaine petite personne incomparable a dû courir dans son esprit comme dans le mien, sous une forme à la fois rieuse et impitoyable, au travers de ses pensées les plus graves. Elle a dû jeter le désordre dans ses classements d'antiquités lacustres, éparpillé tout ce qu'il avait amassé de théories, d'axiomes, culbuté l'échafaudage de ses plus nobles résolutions.

Je le vois comme je me verrais moi-même.
Il se défend, il s'obstine. Fasse la science qu'il
se garde et qu'il se reprenne !

Est-ce que Madeleine le remplacerait vis-
à-vis de lui-même ? Quand on a découvert les
jouissances intellectuelles les plus hautes et
qu'on a fixé le point d'accord entre soi et
le dehors, il ne faut pas courir le risque de
perdre le fruit de ses labeurs, de laisser enta-
mer sa personne morale, de s'écrouler, de
s'effondrer, d'être réduit en poussière, de devenir un élément aveugle !

Je vais écrire à Cervin, lui conter mon
épreuve, et, sans lui nommer l'adorable démon, lui dire que moi aussi j'ai failli succom-
ber à la tentation d'aimer. Il tirera de ma
confidence un profit utile et peut-être nécessaire.

Madeleine, sous une forme paradoxale, juge
bien les rives du lac de Genève. Si j'avais besoin de cette preuve pour croire au goût artis-
tique de ta sœur, sa comparaison entre les

paysages normands et les paysages suisses me la fournirait. Elle note juste, malgré ses boutades drôlatiques, le désaccord des eaux bleues et des montagnes sombres. Prie-la donc d'agréer mes félicitations.

Et toi, mon ami, cher Jean, laisse-moi te serrer dans mes bras pour ton émotion française à la table des Cervin. Ta sincérité chaleureuse me va toujours droit au cœur. Je me suis senti tout remué par ce passage de ta lettre.

Tu l'aimes si dévotement, cette France idolâtrée, que je puis te parler sans mystère de ma piété pour elle et que je veux te convertir au rituel de mon culte.

Tu admets déjà la contemplation face à face, l'évocation, car bien souvent nous l'avons évoquée ensemble, la patrie, et elle nous est apparue.

Tu reconnais des saints à notre divinité, les saints de la France! Ils sont là, devant tes yeux comme devant les miens, nous traçant les chemins du sacrifice. Plus complet a été leur oubli d'eux-mêmes, plus ils ont livré de leur chair, plus surhumain est leur mépris de la mort, plus fanatique est leur amour, plus avec moi tu t'exaltes à leur nom.

Ceux que je préfère parmi les saints de ma patrie, ce sont ceux qui l'ont défendue contre l'envahisseur, qui ont repoussé ou arrêté le conquérant, d'où qu'il soit venu, qui ont combattu pour la délivrer, ceux qui ont sauvé la France et forcé l'étranger à confesser son héroïsme.

C'est Geneviève la Parisienne, Eudes de Paris, Roland, Marcel, la Hachette de Beauvais, le grand Dunois, c'est Jeanne surtout, Jeanne de ma Lorraine, la sainte Pucelle. J'aime Bayard, Duguesclin, et les hommes de mer protecteurs des frontières ouvertes de nos rivages : Jean Bart, Duguay-Trouin, Duquesne. J'admire ces généraux de 92 culbutant quatorze armées. Je vénère jusqu'aux plus humbles dans la troupe de ces vaillants obscurs dont le Grand-Ferré est le patron.

Jean, ne les vois-tu pas tous dans le cortége de notre divine France? Moi, je tressaille en eux lorsque je les fais revivre en moi. Leurs tortures, je les éprouve, je les veux ressentir; leurs espérances, je les ai; leur gloire, je la partage; leurs défaites me désespèrent; leur mort, je l'envie!

Ah! mon frère, si j'étais né pour imiter un jour l'un d'eux! Si le destin me réservait cette fortune de subir quelque grande épreuve pour la France, si j'avais en mourant la volupté de mourir pour elle, et s'il m'était permis à ma dernière heure de crier en martyr son nom sacré! J'ai la folie des œuvres patriotiques comme d'autres ont eu la folie de la croix.

Je suis formé de limon gaulois. Mon cœur est pétri de glaise française. L'étincelle qui m'anime, c'est la Patrie qui l'allume en moi. L'être surhumain que j'idolâtre est fait d'esprit et de terre. Il se meut en chacun de nous. Il emplit mon cerveau comme il résonne sous mes pas. C'est un sol, un pays, un ciel, une voix,

un drapeau, une femme, une divinité ! Elle
inspire l'amour plus fort que la mort, la haine
plus terrible que la fraternité n'est puissante.
Elle est idéale et accessible, poétique et réelle.
Je suis sa créature !

Ami, je n'ai besoin ni de religion, ni d'amour,
avec cette passion, avec ce culte !

Frère Jean, sonnez les matines ! Là-bas, en
Italie, répands la bonne parole. Tu n'as point
à révéler la France, mais à la glorifier. Elle
a passé où tu passes. Cette route du Simplon
est sa route. Tu la verras surgir partout dans
les plaines lombardes. Gauloise, elle y a dé-
bordé. Française, elle y a baptisé par ses vic-
toires jusqu'au moindre village.

J'attends avec impatience ta première lettre
de Stresa. Vous êtes en possession de ce cousin. Quel est-il ? Madeleine s'en est-elle éprise
à première vue ? Est-ce l'un de ces étrangers
qui sont de toutes les nations par leur valeur
d'esprit ou par la hauteur de leur âme ? Est-il
grave ou léger, spirituel ou intelligent ? Tu sais

que ce n'est pas la même chose. Les Italiens souvent au premier abord éblouissent ; ce sont. de grands butineurs de miel ; les plus ignorants savent beaucoup, mais parfois plus brillante est la surface que solide le fond.

Frère, ne sois pas tiède. Garde notre sœur Madeleine à la France !

PASCAL.

8

JEAN A PASCAL.

Stresa, 5 octobre.

Je t'y voudrais ! oui, je te voudrais attaché au sauvetage de cette personne étonnante. J'en perds la tête, et le boire et le manger, à force de raisonner et de prêcher.

Madeleine tantôt prononce en français jusqu'aux noms italiens les plus intraduisibles, tantôt ne parle que la langue du cousin. Elle jette les exclamations les plus inattendues, ou refuse de répondre aux interrogations les plus ·pressantes. Elle m'embrasse ou me malmène tour à tour. Ma très-capricieuse sœur chante les louanges des soupirants français à désespérer un adorateur vénitien, puis, dans le même moment, coquette avec Spedone jusqu'à le rendre fou d'espoir. Je n'y comprends goutte. Le cousin se console en fredonnant : *La donna è mobile !*

Ah ! que les mathématiques et l'école d'application, et la justesse du coup d'œil au tir, et les règles stratégiques servent de peu à un pauvre frère qui essaye d'unir deux impressions, de juxtaposer deux idées d'une fantaisiste qu'il a pour sœur !

Combien je préfère la guerre à ces escarmouches ! Le tambour et la trompette sont plus doux à entendre que certains rires acérés. Un militaire diplomate à ce point, voilà une contradiction ! Être à cheval et se laisser culbuter sans mot dire, faire patte de velours avec le pistolet au poing, s'incliner galamment lorsqu'on est prêt à charger à la baïonnette, battre en retraite au moment où l'on a la frénésie de l'attaque, c'est trop de couardise, et...

Et alors! quoi? voyons. Je fais un coup de tête. Je signifie à Madeleine que Spedone m'horripile. Elle me demande lequel je préfère de ses onze autres prétendants, et me prouve qu'en somme, malgré quelques banalités, celui-ci est charmant. Lequel, me dira ma sœur, aurait la grâce du cousin, son esprit? lequel serait plus patient avec toi? lequel plus amoureux? lequel plairait plus à notre mère?

Lequel, lequel? Ce n'est pas toi, monsieur Pascal Mamert, toi, qui ne veux pas aimer !

Tu m'ennuies avec ta quintessence, ta phraséologie, ta complaisance pour tes élucubrations. Tu es, Madeleine a raison, le plus grand doctrinaire, le plus égoïste visionnaire qu'il y ait parmi les abstracteurs. Parbleu, c'est bien facile de se tout arranger dans la vie et dans les choses lorsque tout vous advient sans complication. C'est commode d'être sans famille et d'avoir juste un oncle fort riche qui vous traite en héritier de son vivant. Avec

8.

cela, pas de sœur? On peut tout imager à sa
ressemblance, tout conformer à ses désirs de
tout éliminer ce qui gêne.

Tu livres des batailles où tu n'as pas d'ennemis en face. Tu te crois un cœur fort parce
que tu n'es pas un cœur faible. Tu t'imagines
que tu es généreux parce que tu n'as rien à
prendre à personne; que tu es toujours dans le
vrai parce que le seul auquel tu te confies,
moi! je n'ai jamais eu, sauf aujourd'hui, le
courage de te contredire, et que c'est ma première révolte contre ta sérénité. Tu chauffes
ta machine intellectuelle à blanc, uniquement
pour la faire tourner sur elle-même, pour lui
faire faire la roue sous tes yeux. Avec ce sys-
tème, on n'est d'aucune utilité à quoi que ce
soit, on ne trouve ni ennemis, ni contradic-
teurs, on n'attrape ni brossées, ni blessures
d'aucune sorte soit à la peau, soit au cœur.

Je te pilerais! Je suis d'une colère... Tu es
cause de... et... enfin!

Lis ma lettre de Brieg et commente-la. Ma-

deleine t'y traite comme tu le mérites, et si j'ai
protesté alors, c'est que je suis le plus généreux
des nigauds !

Les Italiens n'ont pas une patrie drapée,
eux ! Ils ont une Italie grondeuse, sévère pour
les rêveries, qui entend qu'on agisse, peu ou
beaucoup, selon l'occasion ; cette Italie se
répare, se restaure, s'enrichit, se militarise,
épargne, essaye, cherche, trouve. Elle est
raisonnable, s'arrange des lenteurs, profite des
hardiesses, cultive le beau et les céréales, la
sobriété et les vignes, la paix et les armements.
Cette Italie-là exige que les officiers d'artillerie
lui fabriquent des munitions, inventent des
projectiles, habituent leurs yeux à fixer un
but, songent plus au feu qu'à la fumée, au
point stratégique qu'à la calotte des cieux, et
au besoin, entre-temps, que lesdits officiers lui
fassent des petits artilleurs.

Si ma sœur m'embarrasse et m'est une
énigme, j'ai appris beaucoup de choses en
voyageant. A force de dévaler des montagnes

on se déjuche, à force de regarder dans le
miroir des eaux on finit par se bien voir. Lorsqu'avec cela on a l'avantage d'être le cavalier
servant d'une damoiselle qui vous tourne en
bourrique vingt fois le jour, on découvre que
l'homme est plus une bête qu'un ange ; que les
barques ont besoin d'un gouvernail ; que certaines idées sont des bulles de savon faites pour
voler en chambre et qui crèvent au grand
air ; bref, on constate cinq ou six vérités
élémentaires qui font la fortune des la Palisse,
et qui apprennent aux hommes la logique du
sens commun.

Si je te détestais autant que je te déteste, je
ne serais pas tiraillé comme je le suis. Je
t'abandonnerais sans regrets à ton malheureux
sort !

Adieu,

JEAN.

LE MÊME AU MÊME.

Stresa, 5 octobre au soir.

Ah! si l'on pouvait arrêter une lettre partie, combien de fois sellerait-on son meilleur cheval pour courir après, bride abattue! S'il était permis de la réclamer par dépêche, qu'il serait amusant de faire ce qu'on appelle jouer le télégraphe.

Lorsqu'on a planté sa colère en syllabes, ligne sur ligne, avec une ponctuation bien clouée, avec des mots pointus, piquants, des phrases coupantes, on éprouve une âpre jouissance. Très-souvent elle suffirait. Mais un vilain scrupule d'orgueil, que vous prenez

pour du courage, vous pousse à fourrer le billet ou plutôt la charge dans sa capsule, puis la
capsule dans son arme. Paf! c'est lancé! Maintenant au tour de l'autre à souffrir. Celui qu'on
blesse reçoit la blessure à distance. Tout est
plaisir dans la vengeance par lettre. On a tiré,
et l'on n'entend pas les gémissements de la
victime.

Le coup parti, frappé, on se demande si
c'était bien celui qu'on vient d'atteindre qu'il
fallait viser. On commence à déplorer sa pré-
cipitation. Quand c'est sur une demi-amitié
que le projectile éclate, ma foi, on se console
avec deux ou trois raisonnements. Lorsque
c'est sur un frère, on se dit : j'ai mal fait!

Pardonne-moi! Je t'ai écrit une lettre que je
regrette. Celle-ci la suivra de près. Qu'elle te
trouve indulgent. Je la bourre d'excuses.

Nous nous sommes donc rembarqués cette
après-midi pour visiter l'Isola-Madre. Nous
avions nos rameurs d'hier, et, pour ne pas laisser un doux silence planer sur Madeleine et

sur Spedone, j'ai bavardé avec nos pêcheurs, et je leur ai fait raconter toutes les légendes du lac Majeur.

Les Borromées passés et présents vont, viennent, parlent, agissent, au milieu de tous ces récits.

La noblesse italienne ne s'est pas implantée par la conquête comme la noblesse française, qui a d'abord été franque chez les Gaulois, et qui a sans cesse gouverné les vaincus avec la tradition, avec les lois des vainqueurs.

Si j'étais comme toi, Pascal, un chercheur de cause et d'effet, j'offrirais quelques sujets de réflexion à ton esprit politique. Dis-moi si la noblesse française, chaque fois qu'elle a triomphé ou qu'elle a été expulsée n'est pas retournée d'où elle était venue, en Germanie? Charlemagne et ses pairs ont préféré à la France les rives du Rhin. Les nobles huguenots ont peuplé tout un duché de Prusse, et nous avons retrouvé leurs fils, à la dernière guerre, aussi féodaux, aussi avides, aussi féroces que les premiers francs, ennemis aussi acharnés du peuple gaulois égalitaire ! Lorsqu'à la révolution la glèbe proclamant ses droits chassa le noble : où s'en alla celui-ci ? A Coblentz !

En Italie la noblesse est née des entrailles de la nation, née du sol, tu ajouterais qu'elle est autochthone. Elle s'est détachée homme par homme de la foule par une action d'éclat ou par la faveur des princes. La noblesse italienne fait corps avec le pays lui-même, elle est libérale comme lui, antipapiste comme lui. Lorsqu'elle lutte contre l'étranger, ce n'est pas pour défendre une devise, un royaume, une religion, mais pour protéger la chair de sa chair dans le peuple italien.

Les pêcheurs du lac Majeur glorifient les Borromées. Que de belles histoires nous entendons où le peuple est protégé par le noble contre le tyran, où le prêtre et le seigneur ne sont jamais confondus ! Un *conte Borromeo* entre toujours en scène pour prononcer les grands mots de justice et de liberté.

C'est le premier de nos rameurs qui narre. Il est le plus vieux. Son visage maigre, long, sec, est déjà tout ossifié. Ses bras montrent un à un leurs muscles, comme une étude du martyre de saint Sébastien.

Ce vieillard de soixante-dix ans a je ne sais quelle force calme, acquise par le métier, une sorte de lenteur rhythmée qui contraste d'une façon étrange avec l'ardeur de ses yeux noirs luisants, curieux, hardis, qu'on retrouve toujours fixés sur soi de quelque côté qu'on regarde dans la barque.

Il répond à toutes nos questions avec un sens, un esprit, une liberté de penser qui nous étonnent et nous intéressent. Son nom est Carlo.

« Le noble en Italie, nous dit-il, n'obéit pas aux prêtres, parce qu'il est instruit. L'habitant des campagnes seul, l'ignorant, est l'esclave des hommes de couleur noire, ajoute Carlo, qui ne dédaigne pas le trait malin. Par exemple, de l'autre côté du Lac, dans la prison de

9

Pallanza, nous avons des brigands napolitains. Ils sont jeunes, beaux, mais criminels. Pauvres enfants! Les prêtres des Abruzzes les égarent, les fanatisent. On leur promet le ciel s'ils tuent les soldats de Victor Emmanuel. Il faudrait qu'ils pussent aller une heure dans l'autre monde pour juger des promesses des prêtres, et puis revenir sur terre. Pas un d'eux ne se referait brigand! »

Les autres rameurs approuvent ce jugement de leur ancien.

Isola-Madre est bien l'île mère du lac Majeur, sereine, immobile, protectrice, matrone. Elle a vue sur les rives les plus éloignées du lac, qu'elle a laissées courir loin d'elle, mais qu'elle tient enchaînées sous son regard. Elle les embrasse, les domine, les couve. Sa grâce est calme, paisible, charmante, suave et pure. Les jardins d'Isola-Madre sont sans artifices comme la beauté des mères. Ils triomphent des jardins d'Isola-Bella, ainsi que la simplicité noble triomphe des surcharges.

Madeleine nous avertit qu'elle ne veut plus quitter l'Isola-Madre. C'est le lieu de ses rêves. Elle voltige parmi les grenadiers en fleur, les roses, les sensitives, les orties en arbres, les orangers, les cèdres, les cactus. Elle s'installe dans cette corbeille de fleurs, et tous les Borromées ensemble, dit-elle, fussent-ils de bronze comme la statue de saint Charles, n'auront pas la dureté, la cruauté de la chasser de ce paradis !

Elle s'adresse au jardinier qui nous promène, débat je ne sais quel marché avec lui. Le brave homme se prête à ce caprice et trouve la plaisanterie française à son goût.

Madeleine s'empare de la terrasse d'Isola-Madre, se rafraîchit avec des oranges, des citrons, des grenades qu'on lui offre, et, malgré les observations de ma mère, malgré les respectueuses prières du plus aimable des Vénitiens, elle refuse de retourner à Stresa.

Pour être plus habile que les autres, je prends mon parti de cet entêtement. Je m'abîme dans la contemplation d'Isola-Madre.

J'admire la belle forme des montagnes qui se baignent dans le lac, debout, les flancs nus. Nous cherchons, Madeleine et moi, des nuances nouvelles à l'eau que nous avons déjà vue bleue, verte, noire, gris d'argent, violette, rougeâtre et d'or bruni. Spedone renonce à nous suivre, à nous égaler dans nos admirations. Je tombe en extase, puis je décris l'effet du soleil qui, sur le Mont de fer, glisse en rayons visibles, et rappelle, au travers des nuages, ces gloires que le peintre de Fiesole fait jaillir des mains de Dieu le père.

Les horizons, à quatre heures, s'enveloppent d'un voile transparent que le regard perce sans effort. Les fonds du lac se profilent, et, par une ombre portée, se reflètent dans l'eau, se rapprochent d'une rive à l'autre et se touchent.

La poésie m'inspire et m'enflamme, tandis que la fraîcheur et la rosée nous pénètrent. Les paroles de Madeleine sont un hymne. Notre mère, que la gaieté, la jeunesse de ma sœur, sa joie ravissent toujours, ne proteste plus contre le bon plaisir de sa fille, se résigne et attend que la fantaisiste donne elle-même le signal du départ. Spedone est suspendu par des chaînes d'or aux lèvres de Madeleine. Je voudrais te redire les images que la plus mignonne des françaises détache des terres, du ciel italiens, pour les jeter dans nos esprits. Elles sont dignes du Maggiore parce qu'elles débordent d'enthousiasme.

Bientôt, l'âme pleine d'impressions qu'il ne peut rendre comme nous, entendant des voix intérieures qu'il ne parvient pas à traduire, notre cousin, dans cette verdure, dans ce jardin, sur ce lac, chante d'une voix sonore la belle Italie. Le théâtral de notre situation échappe à Madeleine, m'échappe à moi-même. Il y a dans ce pays une continuelle mise en scène dont on s'accommode très-vite, et l'on applaudit ce qu'ailleurs on poursuivrait de risées.

Appuyé contre un oranger, Spedone chante
l'eau, les rameurs, les pêcheurs, les gondoliers, Venise, les lagunes et la mer.

Madeleine écoute. Elle considère Spedone
avec des yeux curieux et attendris.

Tête nue, ses cheveux étincellent. Couronné
par les feuillages des orangers, qu'enrichissent
des fruits mythologiques, des pommes d'or,
posé avec cet art sculptural que possèdent tous
les Italiens, nobles et mendiants, Spedone
charme nos sens et ravit nos regards.

L'heure est exquise et le décor féerique.
Nous sommes au jardin des Hespérides. Après
avoir chanté la beauté des choses le Vénitien
chante l'ardeur de la passion, dans cette adorable langue qui dit plus tendrement qu'aucune
autre les enivrantes paroles de l'amour.

Ceci me rappelle à mes devoirs. L'instant
est fatal. Je n'ai qu'une ressource pour détruire
l'effet de cet enchantement : être vulgaire.

Je me rudoie, je m'accuse de faiblesse,
j'essaye intérieurement mon courage ; alors, de

ma voix la plus indifférente, je dis le plus simplement du monde à la fin d'une phrase amoureuse du chanteur, plus éperdue que les autres :

« Eh, eh, cousin, il y a en vous du don
Juan, et je compte désormais sur un certain
nombre de petites surprises ou de sérénades,
si le mot vous va mieux, aussi agréables que
celle-ci. »

Madeleine eut un soubresaut, peut-être un
frisson. Elle se secoua, et s'aperçut que la
rosée tombait sur ses épaules.

« Partons », dit-elle brusquement.

Ma mère la suivit.

Spedone demeura un peu en arrière. D'un
ton amical et triste, il me parla de la sympa-
thie que je lui inspire, se réclama de notre
parenté, et il ajouta :

« Quel dommage que vous soyez un frère
jaloux !

— Moi, jaloux de ma sœur ! m'écriai-je pour
être entendu de Madeleine et sauvé de cet
entretien.

— Non, repartit Spedone impatienté, jaloux de ceux qu'elle essaye d'aimer ! »

Madeleine se retourna.

« Viens ! » me dit-elle.

Je m'empressai, je courus. Une explication avec le cousin, c'était trop tôt ou trop tard.

« Comment, me demanda Madeleine, es-tu si poëte et si terre à terre ? Le chant de Spedone me plaisait. Pourquoi l'as-tu fait cesser ?

— Je l'ai applaudi.

— Oh ! si banalement, si sottement, si hypocritement, que mieux eût valu une critique mordante et loyale. Tu n'es pas un naïf, tu es responsable de toutes tes phrases, de toutes tes intonations. Tu soutiens quelque gageure, tu as quelque projet, tu te mêles d'une certaine façon de ce que j'éprouve ici, Jean, et tu as la prétention de le réglementer à ta guise, de le diriger sans doute ?

— Hélas ! répliquai-je, le ciel n'est pas plus pur que le fond de mon âme, l'enfant qui vient de naître...

— Etc., etc., repartit ma sœur; si tu es innocent, tu n'es pas habile. »

Je me gardai bien de lui répondre : je crois l'être ; mais je le pensai. Je me tus, ce qui m'est toujours difficile.

Ma mère et Spedone causaient derrière nous avec animation. Il se plaignait de moi. Elle le rassurait, et j'entendis ces mots que ma sœur dut entendre aussi :

« Ne vous inquiétez pas de lui, cher cousin. Son opposition vous sert au lieu de vous nuire. Je suis certaine que tout à l'heure vous avez plu à Madeleine, et qu'elle gronde son frère de vous avoir interrompu. »

Ils causèrent à voix plus basse. Ma mère, penchée au bras de Spedone, était fière de s'y appuyer. Elle le chérissait déjà comme un fils.

Madeleine me dit après un silence :

« Tu auras beau te débattre, mon mari sera ton frère.

— C'est pour cela, répliquai-je...

— Que quoi ?

9.

— Que j'en préférerais un autre !

— Pascal ?

— Oui.

— Eh bien, demande-moi pour lui en mariage aujourd'hui, demain il ne sera plus temps.

— Si je te prenais au mot ?

— C'est que tu pourrais m'y prendre...

— Et alors ?

— Alors !.. c'est impossible, tu le sais bien.

— Mais si c'était possible, si j'avais une mission de Pascal ?

— L'as-tu ?

— Si je te répondais : Je l'ai !

— Mon frère, si tu me répondais Pascal t'aime, il me l'a écrit ; eh bien ! sur ce rivage d'Isola-Madre, séduite par ce lac, par Spedone, peut-être... »

Madeleine s'arrêta. Devinant ce qu'elle voulait dire, je continuai pour elle :

« Peut-être reviendrais-tu à la France ! »

Elle réfléchit un moment et reprit :

« Je me trompais, Jean, il n'y a plus de peut-être ! »

Et, se tournant vers Spedone qui nous rejoignait, elle continua d'un ton léger :

« Cousin, vous chanterez dans la barque une romance que je désire entendre encore : *Santa-Lucia !* »

Qui fut heureux? Spedone! Qui triompha? Ma mère! A qui ce peut-être rongera-t-il le cœur? Peut-être à toi, Pascal!

JEAN.

LE MÊME AU MÊME.

Stresa, 6 octobre.

Nous quittons demain le lac Majeur, et nous partons en voiture de Laveno pour Varèse et Côme.

Ma mère nous a laissés libres aujourd'hui de courir seuls toute la journée. Dès le matin, nous projetons d'aller en barque d'un bout à l'autre du lac, Madeleine, Spedone et moi. Munis de quelques provisions, il est convenu que nous rentrerons pour souper. Nous nous offrons douze heures de lac Majeur!

Il est en beauté langoureuse, doux comme le velours, calme comme un étang. Pas une ride, pas une vague. Le cœur sensible de Madeleine n'aura point à souffrir.

Notre mère ira visiter le chalet d'une amie.

Nous, nous serpenterons sur le lac, selon le désir de Madeleine, qui veut en connaître le moindre détour.

Tout d'abord nous allons au sanctuaire de Sainte-Catherine, et nous grimpons une rampe escarpée que les pèlerins gravissent à genoux en réclamant des miracles. Le soleil nous brûle le visage, malgré nos ombrelles. Mademoiselle ma sœur accepte le bras de Spedone. C'est la première fois. Celui-ci est aux anges.

« Sainte Catherine miraculeuse, s'écrie-t-il, vous entendez mon vœu, exaucez-le! »

Ayant visité l'église, nous nous arrêtons sous un portique roman dont les colonnettes, les cintres, les supports, les chapiteaux, sont d'un style large et pur. L'effet de ce portique blanchi est magistral. Il est adossé à une montagne aride, crevassée, ravagée, que le soleil rougit, enflamme et calcine.

L'abîme bleu du lac descend à vingt mètres sous nos pieds, et la falaise à pic se recouvre de ronces, de figuiers et de saules. Non loin de nous, un cloître étroit se découpe sur l'azur du ciel. Des vignes, des pampres grimpent à ses montants, à ses arceaux, les enguirlandent et en rompent le dessin avec une grâce champêtre qui n'a rien de religieux.

Tous les trois nous nous recueillons, nous sommes absorbés par nos pensées. Spedone regarde avec distraction les belles pentes boisées des montagnes aux tons jaunis que la rosée du soir colore de teintes d'automne. Madeleine me montre le grésillement du soleil dans le lac, et murmure :

« La danse des Diamants ! »

Ma sœur et moi nous nous étions assis l'un à côté de l'autre, sur les soubassements des nobles colonnes romanes. Le cousin, appuyé au mur de l'église, demeura plongé dans ses réflexions, tandis que je parlais à Madeleine de nature et de tableaux italiens.

Il nous interrompit plus tard pour nous conter la vie du premier ermite de Sainte-Catherine, histoire assez ennuyeuse comme toutes les histoires d'ermite, où il est difficile de s'intéresser à un parvenu en sainteté plus malpropre encore que frugal.

Spedone ajouta :

« Ces gens étaient des poëtes. Ils voyaient l'infini au dedans d'eux. Quelle poésie devait être celle des grands solitaires aux premiers âges du christianisme! »

Madeleine jeta sur Spedone des yeux étonnés; je tressaillis d'aise.

« Vous croyez, dit-elle, à la poésie d'hommes qui détestaient la nature, qui n'en recherchaient que les rudesses, les duretés, les intempéries, les cruautés, pour avoir le droit de la maudire. Vous subissez l'influence réfrigérante du mur de l'église, cousin! La température de votre esprit baisse rapidement; prenez garde!

— Ces solitaires, ces saints, qui fuyaient la corruption éhontée de Rome, de Constantinople, ou les férocités du moyen âge, qui abandonnaient parfois le pouvoir, souvent la fortune, étaient au moins des âmes fières et hautes, capables de se retremper dans la solitude, d'en comprendre les bienfaits, les vertus, sinon la poésie, répliqua Spedone.

— Il n'y a pas de vertus dans la solitude, il y a la rêvasserie dangereuse, égoïste, qui mine lentement l'esprit, le détrempe; ou bien la contemplation orgueilleuse qui se substante d'elle-même, épuise et dessèche le cœur; ou encore la passion maladive, insensée de la privation, de la souffrance, de la résignation stupide: tous vices humains. Être poëte, c'est être amoureux de la nature; être vertueux, c'est avoir le respect de sa qualité d'homme sociable.

— Mais, Madeleine, continua-t-il stupéfait, la croyance chrétienne, si douce aux races latines, si chère aux femmes françaises, ne l'avez-vous pas? Je ne parle point de ce culte catholique étranger à la grâce, et, je le répète,

à la poésie, aux vertus des premiers temps de
l'Évangile.

—Non, je n'ai pas de croyances chrétiennes,
Spedone, mon noble cousin, pas une! Et vou-
lez-vous mon opinion entière? L'ennemie irré-
conciliable du christianisme devrait être la
femme. Toutes les méfiances, toutes les injures,
toutes les haines de la doctrine sont pour elle.
La femme est le grand péril, la grande tentatrice, le grand suppôt du diable, le grand
démon. C'est le péché, c'est le mal, elle et ce
qu'elle inspire, l'amour! Sa beauté est une
épreuve, son esprit un piége, sa sensibilité un
maléfice. Tous les dons enviables de la géné-
reuse, de la poétique, de l'artiste nature deviennent dans le christianisme des dons mau-
dits, n'est-ce pas, Jean? »

Mon cœur battait de plaisir. Ma flèche visait
le talon nu de cet Achille.

« Tu as raison, tu dis bien, Madeleine, répliquai-je. Le christianisme donne à l'homme le
mépris des joies de ce monde, et par consé-

quent l'éloigne de la femme qui en est la dis-
pensatrice. Il est logique dans ses méfiances.
La femme tient de plus près à la nature que
l'homme. Elle en exerce une puissance directe
dans la maternité. Jésus se détourne de la nature et de sa mère avec dédain. « Qu'y a-t-il
de commun entre vous et moi ? » demande le
Sauveur des âmes à toutes les deux. Rien, Seigneur ! vous reniez vos mères et par votre
naissance et par vos miracles. Jésus n'impose
les mains sur le grand réel que pour en troubler les lois, pour bouleverser les attributs
simples et déterminés des choses, pour marcher
sur les eaux, pour ressusciter les morts, etc.

— Eh bien, vous ne comprenez rien ni l'un
ni l'autre à la poésie chrétienne, voilà tout !
reprit Spedone, m'obligeant ainsi à me taire
sur le sujet où je pouvais le vaincre. Nous
n'allons pas discuter là-dessus. Pourquoi faire?
Je ne suis ni un dévot ni un entêté. Vous conviendrez seulement, s'il n'y a pas de poésie
chrétienne, qu'il y a un art chrétien. Vous me

direz de quelles aspirations il procède, de quel
idéal il s'inspire, pour avoir produit des artistes
tels que nos peintres, nos sculpteurs, nos
orfévres, nos mouleurs, nos architectes chré-
tiens du XVe et du XVIe siècle?

— Il y a un art italien, répondit Madeleine,
il s'appelle la Renaissance. S'il était chrétien, il
s'appellerait la Résurrection. Cet art procède
de l'art grec, il est engendré par lui.

— Vous êtes donc païenne, Madeleine?

— Je suis païenne; mais la raison qui vous
rattache à la poésie de l'Église primitive est
la même qui me fait n'accepter du paganisme
que les croyances des premiers temps de la
Grèce.

— Au fait, pourquoi pas? dit-il, s'échappant
de nouveau; le seul divin, le seul vrai, n'est-ce
pas l'amour, le mariage, et qui l'a plus reli-
gieusement honoré que le vieil Homère dans
Pénélope? »

Oh! la souplesse, quelle lâcheté!

Nous regagnâmes lentement notre barque.

Le traître avait retrempé son talon. Que m'obli-
gea-t-il d'entendre, hélas! Tout ce que nous
avions dit lui fournit le prétexte d'un compliment, d'une louange, d'une galanterie.

La lumière se faisait en lui. C'était une révélation. Comment n'avait-il pas découvert que
la poésie mythique seule mettait d'accord la
nature extérieure de l'homme et ses désirs
intimes? C'est que jusque-là il n'avait jamais
soupçonné que l'amour pût être à la fois
humain et religieux. Et patati et patata! Il
voyait bien maintenant qu'être aimé, c'était,
non l'une des joies de la vie, mais toutes les
joies.

, Et alors, comme il ne possédait pas encore
très-nettement son sujet, il ne nous ménagea
rien de la conception, de la confusion, de l'éla-
boration du galimatias de ses idées. Il parla de
l'amour qu'une seule femme inspire, dont l'apparition sillonne le cerveau comme un éclair
sillonne les nuages, de l'amour que le beau
attire, alimente, renouvelle, qui a pour cortége

le grand, le bon, le haut, le noble, sans lequel un homme n'est qu'un homme !

Madeleine souriait d'un sourire vague, et, malgré le soin que je mis à interroger son visage et ses yeux, je ne devinai pas si elle approuvait Spedone ou si elle l'écoutait avec ironie.

Pour serpenter, nous nous dirigeâmes de Sainte-Catherine sur Intra. L'un des rameurs qui nous servait de guide nous conseilla de visiter le plus beau jardin du lac. Spedone appuya la proposition avec chaleur.

« Allons dans ce jardin, dit Madeleine, mais que votre style, cousin, n'y cueille pas trop de fleurs !

— Je vous obéirai », dit Spedone décontenancé.

Tous deux descendirent de la barque, et il me parut habile de les laisser aller seuls un moment suivis de notre rameur.

Je les priai de me précéder et de me faire signe au premier détour de la première terrasse, si ce jardin leur paraissait digne d'être vu par un homme endormi et harassé.

Spedone ainsi, pensai-je, ne me reprochera plus d'être un frère jaloux. Madeleine est en moquerie pour longtemps, je la connais. Si le cousin lance sa déclaration, elle sera bien reçue !

Ce jardin en terrasses les ramena plusieurs fois sous mes yeux. Spedone parlait avec feu. Madeleine haussait les épaules et jetait à la brise qui me les apportait des exclamations goguenardes.

Ils ne me firent signe ni l'un ni l'autre, et cependant ils gravissaient les rampes, montaient les escaliers, disparaissaient derrière les massifs, toujours accompagnés de notre rameur et d'un jardinier. Ma sœur avait un gros bouquet de fleurs à la main.

Parvenus au faîte de la colline, ils s'assirent. De là, ils m'appelèrent. Il me fallait au moins un quart d'heure pour monter vers eux. Le jardinier et le rameur s'étaient respectueusement éloignés. Notre cousin demeurait seul

avec Madeleine qui ne riait plus. Elle déchirait
une à une les fleurs de son bouquet. Parfois
elle relevait la tête, regardait Spedone, puis
recommençait le massacre de ses fleurs.

J'étais au-dessous d'elle. La tente de la
barque me permettait de la voir sans qu'elle
me vît. Ma sœur m'apparaissait dans l'ombre
avec un relief extraordinaire. Je distinguai
sa physionomie. Elle écoutait, attentive. Il
me sembla qu'elle approuvait, émue, l'émotion de son adorateur.

L'inquiétude me saisit. Je m'accusai de ma-
ladresse, de présomption, de vanité bête. Je
venais de commettre une imprudence irrépa-
rablé. Si Madeleine, touchée par une déclaration
brûlante de Spedone, répondait par des promesses définitives, par un engagement? Si tout
à l'heure, avec sa franchise cruelle, ma sœur
allait m'apprendre qu'elle renonce à la France?

Les bateliers à moitié endormis chantaient
une complainte monotone et triste qui exas-
péra mon irritation. Je sautai du bateau sur

la rive, et j'allai devant moi dans ce jardin odorant, mystérieux, plein de fraîcheur. Je traversai une allée de cyprès centenaires qui ne se courbèrent point pour regarder passer un Français maudissant un Italien.

Je me sentais profondément malheureux, et ma désolation ne venait pas seulement de ce que Spedone est étranger, mais de ce que je le crois indigne de ma sœur. Il l'aime pour sa beauté, pour son charme; il ne l'aime pas pour son intelligence, pour tout ce qu'elle sait de plus qu'une autre, pour l'originalité de son esprit. Madeleine est l'une des plus attrayantes figures de femme que je connaisse. Les délicats, seuls, en apprécient les grâces nobles, l'élégante fierté. Spedone a osé l'aimer trop vite, et c'est, à mon sens, la preuve qu'il ne devine pas la valeur incalculable du trésor qu'il convoite. Sans quoi il eût un peu hésité, trouvant son apport insuffisant. Ah! Pascal, combien j'eusse préféré pour Madeleine un homme exceptionnel, à qui elle faisait peur! Par lui elle eût été admirée, comprise.

Ainsi je songeai, ainsi je souffris aux jardins d'Intra. Je t'avais écrit dans la barque notre promenade à Sainte-Catherine. J'achève en ce moment, au pied des vieux cyprès, avant de monter jusqu'à Madeleine, le récit de notre demi-journée, ne sachant quelle douleur cette après-midi me réserve. Je n'ai plus dè force, plus de courage!

Après avoir fermé mon carnet, je franchis un pont suspendu sur un torrent de plantes grasses, je contournai un bosquet de magnolias. J'aperçus ma sœur penchée au bras de Spedone, lui souriant :

« Alors, disait-il, d'une voix joyeuse, Madeleine, chère Madeleine, je puis vous aimer?

—Oui, répéta-t-elle, vous pouvez m'aimer! »

Je rebroussai chemin. Je courus pour échapper à Spedone, à Madeleine, à l'aveu de cet amour qui provoquait ma haine et me désespérait.

Mais je m'arrête épuisé. Le sang me monte au cœur, puis au cerveau. Mes membres sont glacés. J'ai la fièvre, je grelotte sous l'ombre épaisse d'une allée de chênes verts.

Je vois ouverte et béante une serre d'où s'échappent par bouffées des parfums étranges à la fois répulsifs et attirants. La serre est soleillée, chauffée. J'y entre. Mes esprits, bientôt ranimés par l'extrême chaleur, s'éveillent dans une sorte de songe fantastique. Je regarde ce qui m'entoure et je doute un moment de la réalité qui s'offre à mes yeux.

Dans le fouillis d'un amas de plantes bizarres, des tiges, des formes, des fleurs étonnantes surgissent.

Attachées à des écorces d'arbres ou dévidées autour d'un rouleau de liége, des racines blanchâtres, bulbeuses, sortent çà et là d'un peu de mousse, s'accrochent en spirale aux étagères de la serre, ou pendent échevelées, ou grimpent droites, élancées, pour retomber tordues. Ces racines ont des bras, des tentacules, des

amandes, des boules, des chevelures. Les
branches, les feuillages traînent, s'étalent, se
ramassent, se pelotonnent. Du corps de ces
plantes s'échappent en haut, en bas, aux pieds,
à la tête, en dedans, en dehors, ou suspendues,
ou posées, ou voltigeant, les fleurs avec leurs
antennes, leurs pattes, leurs ailes, leurs
queues, leurs carapaces, leurs mains!

Je suis dans une serre d'orchidées.

L'une de ces fleurs est couleur bois, rejetée
en arrière, éplorée, renversée. Une autre a les
corolles lilas et vertes, tachetées de rouge
brun; elle tire la langue de la façon la plus
plaisante. Une autre encore est blanche; elle
sort d'un long roseau, se renfrogne, ne laisse
libre qu'un pétale allongé, qu'on dirait chassé
de sa corolle. Celle-ci est rosée avec une lèvre
moqueuse, des oreillettes bises, un œil d'or.
Celle-là, presque correcte, grimpe à une branche
épaisse en essaim d'abeilles, alterne ses mi-
gnonnes fleurs jaunes; *aurea purpureus* est son
nom. Les autres sont indescriptibles, sans pro-

portion, sans régularité, gauches, infirmes, comiques. Je vois une feuille d'argent avec un bourgeon violet, et c'est tout; puis une folle mouche verte à la trompe noire, des étoiles bleues avec une tache rouge, une poche couleur sanguine flanquée de deux cornes. Des papillons, des libellules, des mollusques, des crustacés, toujours à l'état d'ébauche, mais éclatants de fraîcheur et de ton. Serait-ce un tâtonnement de la nature que ces demi-plantes, demi-insectes, demi-oiseaux? Et quelles senteurs! J'étais grisé. Mon cerveau en transport ne concevait plus rien que de fantastique. Les yeux pleins de la danse du soleil sur le lac, je voyais des orchidées tourbillonner autour de moi. La chaleur liquéfia mon sang comme dans le miracle de saint Janvier. Les odeurs de ces fleurs me rendirent fou!

Je crus entendre de nouveau ma sœur et Spedone. La voix de Madeleine arrivait précise à mon cœur, le frappait de paroles douloureuses, parmi lesquelles revenait sans cesse le

10.

mot amour. Cette voix était provocante comme la physionomie des orchidées, insupportable comme leur parfum.

Je me débattis, je tournai sur moi-même, je courus en droite ligne, et je m'échappai de la serre.

Je demeurai un instant étourdi par l'air frais et pur du dehors. Je me remis lentement et ne retrouvai que peu à peu la lucidité de mon esprit.

Madeleine et Spedone me cherchaient. Je les rejoignis. Malade, fiévreux encore, je m'étendis en silence au fond du bateau. Ma sœur me regardait d'un œil singulier, mais compatissant. Elle me parla, me demanda si je souffrais. Je ne lui répondis pas et fermai les yeux. Je t'appelai! Ton nom résonna étrangement dans ma bouche et dans la barque. Étonné moi-même, je rouvris les yeux. Madeleine penchée sur moi était devenue pâle.

« Pourquoi cet entêtement à ramener sans cesse la figure de Pascal sur mon chemin? me demanda-t-elle tout bas. Ce que je t'ai dit hier ne suffit-il pas entre nous?

— Son souvenir seul me console, répondis-je.

— Oh! Jean.

— Sois dure et sincère, Madeleine; avoue que tu as mis Spedone entre moi et toi, et l'Italie entre toi et la France.

— Pas encore...

— Quoi, tout à l'heure, là-haut?

— J'ai accepté l'amour de Spedone, mais je ne lui ai pas donné le mien. »

Le lac était d'un bleu intense à l'horizon, d'un vert glauque à ses bords, couleur d'ardoise autour de nous.

Les toits rouges de Pallanza, d'Intra, de Stresa, teintaient vigoureusement ce paysage, et plus loin d'autres villes, d'autres villages semblables égayaient et faisaient vivre les rives du lac.

Le Mont de fer, en face d'Isola-Madre, semblait s'émouvoir au loin de sa grâce, et retenir,

pour les lui renvoyer, les derniers baisers du
jour. Des nuages laiteux s'accrochaient aux
montagnes et les poudraient de neige.

Nous rentrâmes. Ma mère nous attendait
avec un copieux souper. Ni Spedone, ni Madeleine, ni moi, nous n'eûmes l'appétit qu'elle
nous souhaitait.

Point de lettre de toi aujourd'hui. Je ne
m'explique pas comment tu as pu manquer
deux courriers, toi qui n'as qu'à m'écrire.
J'espère trouver tes lettres à Côme où je serai
demain soir. J'ordonne, s'il en arrive à Stresa,
qu'on me les adresse à Venise, car sans cela
elles me suivraient sans me parvenir.

Ton bien triste ami !

JEAN.

LE MÊME AU MÊME.

Côme, 7 octobre.

A notre départ de Stresa le jour était sombre et brumeux comme mes pensées. Peu à peu le soleil traverse l'air humide, pompe les vapeurs et dégage le ciel. La verdure fraîche, les prés fleuris, les bois emperlés ont couru devant mes yeux.

A Laveno, nous avons quitté notre barque et pris un voiturin.

J'avais laissé à Spedone le soin de notre translation. Je souffrais de la tête à ne pouvoir dire un mot. Je me complaisais dans ce malaise parce que Madeleine à chaque instant me prenait la main, m'adressait un reproche tendre.

Spedone, joyeux et fier de son rôle, disait « ces dames ! » aux faquins, aux rameurs, aux cochers, comme si déjà ma mère et ma sœur lui eussent appartenu.

Il parvint, et c'est difficile en Italie, car elles sont aussi rares dans les rues qu'elles sont nombreuses dans les jardins, à se procurer des fleurs pour Madeleine qui les accueillit avec une joie d'enfant.

Une troupe de curieux, gens de Laveno, assistaient à notre départ sur la place ou plutôt sur la rive du lac.

Deux vieillards, au moment où Spedone offrit ses fleurs à Madeleine, regardèrent les jeunes gens et firent tout haut leurs réflexions.

« *La signora è bella !* dit l'un.

— *Il signor è innamorato !* » répondit l'autre.

Madeleine, à cet adorable mot, sourit. Combien il est plus passionné, plus noble en italien qu'en français. La dame est belle ! passe encore ; mais le monsieur est amoureux ! quelle différence !

Spedone fut payé de l'*innamorato* des vieillards par une fleur du bouquet offert et que Madeleine avait déjà respiré.

Je les considérais dans le voiturin, et je me disais quelle fortune c'était pour Spedone que d'avoir tout un jour, en face de ses yeux, celle à laquelle il désirait si ardemment plaire. Son enthousiasme durant la route s'élevait et planait au-dessus de ses désirs du premier jour comme nous nous élevions et planions au-dessus du lac Majeur. Son admiration croissait dans la lumière, et tout lui était une occasion de l'exprimer.

Les guirlandes de vigne, les entrelacements de la verdure le faisaient parler de fêtes et de danses. Il rêvait, disait-il, de courir la main dans la main d'une compagne, au son des pipeaux, sur les bords du lac de Varèse.

Il dépeignit les fresques anciennes de Pompéi, leurs couleurs, et les jeta dans ces campagnes, au travers de ces paysages, où il était facile de les suivre et de les voir passer. Plus d'une danseuse ainsi décrite et drapée ressemblait à Madeleine. Il prononçait en italien ces noms mythologiques si sonores et qui résonnent si merveilleusement ici.

La richesse des terres se montrait partout. L'aisance était répandue dans les villages, gais, vivants, aux maisons ouvertes, aux intérieurs composés pour le plaisir des peintres.

Nous ne cessions de monter et de découvrir des vues plus lointaines et de nouveaux lacs. Auprès de Varèse nous en comptons cinq : le grand beau Majeur, ceux de Varèse, d'Orta, de Monate, de Comabbio.

Nous étions enveloppés des clartés lumineuses de ces nappes frissonnantes, pareilles à d'immenses bains de mercure. Des rives formées d'une terre ardente et rouge emprisonnaient ces lacs en des dessins de forme variée.

Une population élégante, affinée, qui a l'air de jouer au pastoral, traverse des champs soignés comme des parcs, et y jette un effet un peu cherché, mais toujours agréable et bien venu.

Les femmes sur les chemins passent derrière les mûriers, la tête rayonnante d'épingles argentées qui brillent et luisent dans le ton des lacs.

Une troupe de jeunes filles, portant des hottes chargées de paille de maïs, folâtrent au milieu d'une route. Leurs yeux noirs malicieux rient sous les bottes de roseaux dorés. Elles ont les pieds dans de jolis sabots de bois à deux talons qui claquent et frappent le sol avec un bruit cadencé. Leur démarche est à la fois gracieuse et sûre, à rendre Madeleine jalouse. Aussi nous oblige-t-elle à nous arrêter pour nous extasier sur la chaussure de ces jeunes filles.

Spedone descend de voiture, achète et rapporte une paire de sabots. La vendeuse satisfaite accourt auprès de ma sœur et lui souhaite : *Buon viaggio!*

11

Je vois partout des gens qui ont l'air de
mener une vie champêtre, je ne vois pas
de paysan.

Cet homme qui ne sort jamais entièrement
de terre, dont les pieds et les mains s'enfoncent
avec volupté dans le sol, tous les jours, qu'il
pleuve, qu'il neige, que le ciel fasse rage ou
qu'il brûle, je ne l'ai pas encore aperçu en
Italie.

Celui-là qui laboure avec passion, humant
les senteurs âcres des mottes retournées, qui
ensemence son champ avec une gravité solennelle, comme s'il célébrait chaque année à
l'automne la fête de ses épousailles avec la
terre, qui confie avec amour le grain au sillon,
celui-là qui moissonne avec recueillement, qui
vendange avec religion, existe-t-il à l'étranger?

Chez nous le paysan a la face terreuse, l'œil
baissé. Il ne relève la tête vers le soleil que
pour savoir de lui quel temps il promet le soir
pour le lendemain à ses récoltes. Regarder plus
aux astres est bon pour les gens sans terre.

pour les mendiants ou pour les bergers, des rêveurs !

Cet amant longtemps inquiet, qui a durant des siècles convoité l'objet de ses désirs, l'embrasse encore avec crainte, l'aime avec jalousie et la possède avec avidité, sa précieuse part de France ! Il la féconde et croit s'enrichir de ses fruits, tandis que c'est lui qui l'engraisse et la substante par son labeur. Tant se donne l'un tant rend l'autre, jamais plus, quelquefois moins. Union rude, où l'homme est souvent généreux, la terre avare ; bonheur plein de plaisirs sévères, difficiles, conquis par le travail, et disputé par une nature exigeante en France où l'homme l'adore, facile en Italie où l'homme la néglige et l'abandonne.

Côme sera pour nous une simple halte. Il faut à Madeleine des lacs, rien que des lacs, non des villes. Elle tient à les voir tous et tout de suite, tous à la fois ! Elle s'enivre, dit-elle, en buvant à ces coupes pleines de gaie lumière, et nous menace, quand elle connaîtra chacun des lacs italiens, de nous ramener vers celui qu'elle honorera de son choix, pour ne plus le quitter.

Nous entrons à Côme fort tard, et à mon grand regret je suis forcé de renoncer à lire tes lettres ce soir. J'ai un secret tourment sur toi. Mon chagrin se double de celui que je te suppose. J'ai l'intuition que toi aussi tu souffres. De quoi?

A table, Madeleine me demande de tes nouvelles.

« Je n'en ai pas, lui dis-je, étonné de son interrogation.

— Depuis quand?

— Depuis quatre jours.

— Tu dois avoir ici un stock de lettres. Voudras-tu demain que j'en lise une?

— Quelle fantaisie!

— Une fantaisie!

— Donne-m'en la raison.

— Oh! la raison d'un caprice! Voilà une sotte question. Que te répondrai-je?

— La vérité.

— Eh bien, j'aimerais à juger du degré exact de ma gaieté, et je ne puis mieux le faire qu'en prenant une dose de l'ennui de Pascal.

— Qu'est-ce donc que ce Pascal? dit Spedone.

— Ce n'est pas un rival, s'écria Madeleine avec un rire nerveux.

— C'est un homme de valeur, ajouta ma mère, un ami de Jean, mais un sauvage.

— Un original, reprit ma sœur, ennemi des femmes.

— Il a donc été bien malheureux, bien repoussé?

— Ni l'un ni l'autre.

— C'est un monstre de laideur?

— Non, repartit notre mère, il est fort beau. Grand, l'air militaire, moustache fine et brune, des yeux bleus très-longs sous des cils noirs, un admirable front, des dents blanches, je suppose, car il ne s'octroie jamais l'autorisation du plus léger sourire.

— Il est stupide, voyons, cousine ?

— Pas du tout, une intelligence !

— Alors ?

— Alors, redit ma sœur, il imagine que les femmes sont faites pour détourner l'homme du pédantisme, et il les fuit. Il déteste ce qui est aimable. C'est un jeune vieux !

— Et vous l'aimez beaucoup, Jean ? reprit Spedone.

— Comme mon frère, cousin.

— Ah ! »

Madeleine s'était levée avant ma réponse. De la fenêtre ouverte elle apercevait la première courbe du lac de Côme. Je la rejoignis, et lui saisissant la main avec émotion :

« Petite sœur, lui demandai-je à voix basse, tu as donc, hier, encouragé l'amour de Spedone, accepté sa déclaration ?

— Oui.

— Tu l'aimes ?

— Il m'enchante, il me charme, il me ravit !

— Tu l'aimes, enfin ?

— Je me suis, grâce à lui, grâce à la tendresse croissante qu'il m'inspire, dégagée d'une pensée qui m'obsédait, d'une image qui me poursuivait.

— La pensée, l'image de Pascal?

— Tu le sais bien ! Je puis avouer à présent que je le chérissais. Il ne m'inspirait pas une passion irréfléchie, emportée, mais le désir d'être heureuse par lui, et qu'ainsi tu le fusses par moi. La question de fortune n'étant point à débattre, puisque nous sommes riches tous deux, je ne prévoyais pas d'obstacle à mes souhaits. Pascal n'aimait personne, il me l'avait plusieurs fois répété, ajoutant un jour qu'il éprouvait pour moi la plus grande affection qu'il eût jusque-là ressentie. Mon cher Jean, si j'ai essayé en vue de ton bonheur de mettre d'accord tes joies et les miennes, tu me dois en retour le même effort. Je te prie de considérer Spedone comme ton futur beau-frère. Accoutume-toi à cette idée qu'il sera mon mari. Il plaît à ma mère, il me plaît. Si tu as

des réserves vis-à-vis de notre cousin, c'est à
cause de Pascal, mais la continuité de tes
vœux après son refus serait inadmissible. Je
suis allée à ton ami, mon frère, viens à Spedone !

— Madeleine, chère Madeleine, répondis-je,
tu te décides trop vite à ce mariage. Tant de
promptitude m'inquiète, et le dépit...

— Tais-toi, s'écria-t-elle avec colère, ne
prononce jamais ce mot-là qui est une injure !
Spedone, ajouta-t-elle, prenant une résolution
subite, mon frère vous réclame. »

Il accourut joyeux d'être appelé. Madeleine
nous prit chacun par la main, puis sous le
bras, et nous dit en nous plaçant face à face,
elle entre nous :

« Il s'agit de faire tous deux belle figure à
ce lac de Côme que j'entrevois aussi joli que
le lac Majeur est beau !

—Aussi ondoyant et aussi divers que l'autre
est simple de ligne et majestueux », ajouta
Spedone.

Il y eut un silence froid. Je m'enfonçai de nouveau dans mes regrets. Ma sœur me dit à l'oreille :

« Dans tout cela tu oublies que je t'aime et que tu me fais souffrir. »

Et, penchant sa délicieuse figure vers moi, elle m'embrassa devant le lac et devant Spedone qui ne s'en troublèrent point.

Ma mère s'était glissée derrière nous.

« A quand mon tour? demanda-t-elle.

— A tout de suite, répliqua ma sœur qui réunit nos deux visages en se pendant à nos deux cous.

— Je suis heureuse, heureuse! » répétait notre mère, qui me broyait le cœur.

Au revoir, Pascal, à demain. Je ne sais si tu auras conscience de mon amitié, si tu en comprendras les tendresses au milieu de toutes ces émotions, de toutes ces douleurs. Te voilà, je l'espère, bien rassuré par toutes ces confidences. Madeleine est fixée, elle va aimer Spedone, elle l'aime déjà! C'était la

11.

seule femme qui pût troubler ta sérénité. Le
malheur est, pour moi, qu'elle choisisse un Italien, mais tu aurais un fier aplomb si tu osais
prétendre, toi, qu'il eût mieux valu qu'elle
préférât un Français!

Enfin, tu l'as voulu! Nous mourrons vieux
garçons. Quand notre ménage ira mal, ne t'avise
pas de geindre plus tard et de risquer une observation. Je ne t'épargnerai guère, et te ré-
pondrai plus d'une fois que tu eusses mieux
fait d'épouser Célimène.

Ton ami malgré tout.

J EAN.

PASCAL A JEAN

Fontainebleau, 3 octobre.

Ta lettre de Brieg, faut-il en convenir? me trouble. Si Madeleine avait raison dans le jugement qu'elle porte sur moi? Si je n'étais qu'un orgueilleux? Si l'austère joie que je ressens, lorsque je dompte l'entraînement de mon cœur, me conduisait à l'insensibilité, à l'égoïsme? Si je ne m'efforçais de m'élever au-dessus de moi-même que pour avoir le droit de dédaigner le autres? Si, comme vous le dites, elle et toi, je ne me croyais fort que parce que je ne suis pas faible? Je m'observe, je me consulte, je m'interroge, et je me surprends en effet trop

occupé de ma propre estime, de mon approbation continuelle, trop plein de mon personnage.

Oui, je désire faire bien pour me plaire;
certainement je me gouverne pour m'applaudir.

C'est mon suffrage que je cherche dans l'ac-
complissement du devoir, et la rigueur envers
soi-même me paraît la condition de la véritable
vertu; mais la vertu ainsi pratiquée pour sa
propre jouissance morale et pour sa propre
dignité, serait-elle inutile?

Faut-il l'associer à la vertu des autres?
Faut-il la conduire au dehors à la recherche
d'épousailles ou de combats? Est-elle stérile si
elle est renfermée? Est-ce un bourgeon qui
pleure pour étaler ses feuilles?

Vivre en soi, non pour soi, mais pour une
grande idée, se préparer intérieurement dans
la veille et dans l'abstinence; ne prendre rien
du plaisir, même quand il s'offre à vous, être
expert sans avoir joui, dégoûté sans avoir
abusé; être pur, quelque ridicule que cela
soit, lorsqu'on sait juste de l'ivresse qu'elle

grise ; s'aimer dans le caractère qu'on se forme, se vouloir parfait, se faire tel dans la victoire de ses sens et de son cœur ; être tous les jours, à toutes les minutes, botté, éperonné, à cheval, être prêt à l'acte d'héroïsme qu'on se croit digne d'accomplir ; ne permettre à son oreille d'écouter que des sonneries militaires, et se promettre d'entendre le premier la diane de la France : je croyais que devenir un tel homme, ambitionner et atteindre une telle vie valait mieux, et qu'on préparait mieux ainsi l'âme d'un Français aux glorieuses et futures exigences de la patrie...

Madeleine m'arrête tout à coup au milieu de ma voie droite. Elle me fait douter de mes vérités. La France aussi est une femme ! Peut-être, aux épargnes les plus jalousement amassées, préfère-t-elle les hommages, les dévouements journaliers, l'expression constante de l'amour ! Peut-être ordonne-t-elle qu'on vive par tous ses pores, qu'on daigne comme elle s'épanouir dans tous les détails de l'existence ! Peut-être exige-t-elle qu'on ne l'aime point en religion, mais dans l'une de ses filles françaises!

. . . .

Une dépêche m'arrête et ajoute le chagrin à mon trouble, à mes doutes. Mon oncle, très-malade, m'appelle en Lorraine, dans la Lorraine aujourd'hui allemande, à Bitain, par Forbach.

Je n'y suis pas retourné depuis la guerre, je ne l'ai pas pu... Écris-moi là-bas des lettres gaies comme tes premières lettres de Suisse. Ne laisse pas Madeleine philosopher. Les femmes ont des arguments imprévus qui bouleversent d'un mot toute une doctrine. Je pars. Ne me néglige pas, frère! J'ai besoin du sourire de ceux que j'aime.

Ton PASCAL.

JEAN A PASCAL.

A BITAIN, PAR FORBACH.

Lecco, 8 octobre.

Tu ne te plaindras pas, mon cher Pascal, voici une lettre gaie. Je l'eusse écrite ainsi par orgueil, pour avoir l'air de faire bon visage au triste destin qui m'enlève Madeleine. Je l'égaye encore plus pour te distraire d'une épreuve qui doit être rude et qui m'éprouve en toi. Brrrr!... entrer en Lorraine allemande, j'en ai froid.

Je t'embrasse, lieutenant, mon plus cher ami. Je te renvoie tes conseils : sur cette terre française prise par l'étranger, ne te laisse pas traiter en vaincu. Si pour quelque affaire avec l'ennemi tu as besoin de moi, un mot, une dépêche à Venise, et je m'apporte à Bitain.

Madeleine refuse d'aller en bateau à vapeur, refuse de visiter Côme, et nous partons en barque sur un lac nouveau. Je la plaisante et lui dis que la science lacustre de Cervin provoque son envie. Elle s'amuse de mes critiques, y répond en riant, et conclut que je ne suis pas digne d'aller où nous allons.

« Où allons-nous, Madeleine? dis-je.

— A Naxos!

— Par exemple!

— Oui, à Nesso. Spedone prétend que c'est une colonie grecque. Nous y déjeûnerons.

— A Naxos! m'écriai-je. Bravo! Rameurs, aux Cyclades! »

Sur les deux bords d'un torrent profond qui descend rapide des montagnes et se lance dans le lac, Nesso, montueuse, fertile comme Naxos, riche en granit, se colore de ses terres rouges. La ville s'élève, s'étage, et l'on arrive par degrés à la place, à la plate-forme qui la domine, après avoir franchi des ponts qui conduisent en lacets à l'Acropole. Les femmes puisent l'eau à même du torrent, et la portent sur la tête dans des vases qu'elles soutiennent les bras levés et arrondis, comme les canéphores antiques.

Le torrent coupe Nesso de haut en bas, et son eau y devient une chanteuse des rues.

« C'est ici, Spedone, dis-je, qu'il faudrait placer le baptistère de Bramante que nous avons vu ce matin dans la cathédrale de Côme, et qui est bien le monument bijou le mieux ciselé, le plus digne d'être consacré à l'épouse de Bacchus, à la princesse qu'il couronna de diamants, à la belle Ariane consolée. »

Nous grimpons plus haut que la ville pour jouir de la vue entière du lac, et nous nous arrêtons au milieu des champs.

On cueille les raisins mûrs. Un âne attelé à une charrette qu'un jeune homme conduit passe devant nos yeux. Des femmes jouent avec des corbeilles vides qu'elles vont remplir.

« En se laissant aller à son imagination, dit Madeleine, on dessinerait dans ce Nesso un tableau grec.

— Voilà un joli motif d'invocation à Bacchus, ajoutai-je, en montrant les vendangeuses.

— Oui, oui, je t'en conjure un chant païen, reprit ma sœur. Je vais arranger pour toi une lyre avec les roseaux du torrent et le fil qui noue mon bouquet.

— Le fil d'Ariane, repartit Spedone pour placer un mot.

— Peuh! » fit Madeleine.

Lorsque ma lyre aux sept cordes fut achevée, j'entrai dans le champ de vignes auprès duquel nous étions assis, et, moitié sérieux, je feignis de préluder.

Je commençai ainsi :

« O ma sœur, puisque tu m'y invites, je chante, à Naxos, Bacchus, dieu de Nysa, Bacchus rustique, fils de Jupiter olympien, fils de Cérès ou fils d'Isis, et non fils de la Sémélé orgueilleuse et stupide qui obligea le dieu son amant à lui apparaître dans tout l'éclat de sa fulgurante majesté.

» Je chante Bacchus, nourrisson de Bacché, que Mystis initia aux mystères, à qui les Muses apprirent les arts, que les grâces embellirent, auquel Aristée enseigna la sagesse, la passion des armes et l'amour de la gloire, Bacchus législateur, Bacchus vertueux, avide de grandeur et de conquêtes, Bacchus allié de Pan, qu'il jugea digne de gouverner les hommes.

» A Naxos, j'évoque Bacchus amant, époux d'Ariane délaissée, fille de Minos.

» Je vois le dieu traîné par des lions, j'entends le son des cymbales phrygiennes, le bruit des chars qui crient sous le poids des raisins. Les guides des attelages et les vendangeuses formées en longues files portent à deux mains leurs corbeilles pleines de grappes étincelantes. Tous répètent en chœur le mot divin cher à Jupiter : Évoé ! Évoé ! Et le dieu murmure doucement : *io Bacche!*

» C'est Bacchus, non Bacchus Mainomenos, ivre du jus de la vigne, mais Bacchus Orthos, qui ne vacille point, qui ne chancelle pas, qui se tient droit sur son char rustique, beau de la beauté calme du dieu d'Olympie qu'on adore sur le même autel que les Grâces.

» Je chante Bacchus inspiré, inspirateur, dieu-nature, qui conçoit et féconde les choses et les êtres, comme Apollon, dieu céleste, conçoit et féconde les esprits! guérisseurs tous deux, qui l'un et l'autre chassent les noirs soucis du cœur et du cerveau des hommes par la lumière et par la gaieté.

» Bacchus passe couronné de raisins et de lierre, tenant son thyrse à la main, les épaules couvertes d'une peau de faon, le rire facile aux lèvres.

» Entouré de femmes thébaines, il va au Parnasse fêter les bachiques simples et pures, les Lénéennes, les Dionysiaques rurales où l'on offre au dieu, non des sacrifices, mais une coupe, une cruche entourée de pampres,

du vin, des figues, des fleurs, des fruits de
toute sorte, des branches de pin, des guirlandes
de verdure, des couronnes de laurier, des bouquets d'asphodèle!... »

Le lac de Côme est aussi aimable que le lac
Majeur est splendide. Rien de plus poétique,
de plus alangui, de plus voluptueux que ces
bords fleuris de jardins, de villas, de palais.
Partout des ondulations, des courbes, des incli-
naisons, des surprises. Le lac se ferme, se
rouvre, s'allonge, s'enroule, plein de sourires
et plein d'attraits.

Cette fois nous prenons le bateau à vapeur.
Madeleine me rappelle que je lui ai promis ta
première lettre, c'est-à-dire la dernière. Je
la lui donne. Elle la lit lentement et la relit.
Je ne puis lui arracher d'autre mot que celui-ci,
qu'elle répète d'une façon distraite : « Il doute
de lui ! »

Spedone, en esprit et en verve, nous nomme
une à une les villas, énumère les richesses
artistiques qu'elles renferment, sait le nom

presque toujours célèbre de ceux qui habitent
ces rives paradisiaques. Madeleine écoute va-
guement et parsème d'exclamations banales
les récits de notre cousin : Vraiment? Est-ce
possible? Ah ! c'est curieux !

La nature est coquette, souriante sur ce lac.
Pourquoi ma sœur ne l'admire-t-elle pas? A
peine si elle la parcourt des yeux. Pressée de
questions, elle consent à répondre :

« Je reproche à ce lac son style maniéré;
c'est de la mignardise. »

Spedone proteste, se débat, s'agite, dispute,
s'échauffe, mais comme nous nous taisons, il
est plus d'une fois obligé de se répondre : vous
me direz ! Or, nous ne lui disons rien du tout.
Il récite des vers, raconte le lac de Côme depuis
sa formation jusqu'à nos jours, narre ses
légendes, son histoire, ses anecdotes. Ma mère
seule l'écoute. A quoi pense Madeleine? Moi, je
pense à toi.

Je m'attriste de te savoir là-bas, dans ce
pauvre pays prisonnier, qu'hélas ! nous ne pou-

vons délivrer à nous deux. Si encore nous
étions quatre, comme les quatre fils Aymon !

Dans trois jours seulement j'aurai de tes
nouvelles à Venise. Que c'est long ! Je suis
impatient d'apprendre que ton oncle va mieux,
que tu es rentré à Fontainebleau, que tu as
reçu toutes mes lettres, et que tu ne t'indignes
pas outre mesure contre Madeleine. Tu es d'ailleurs le seul qui n'en ait pas le droit.

Je quête des consolations comme tu me
quêtes de la gaieté. Donnant, donnant, Pascal !

Partis à huit heures de Côme, nous débar-
quons à six heures à Bellagio.

Or, devine en cent à quoi prétend Madeleine,
et les machinations qu'elle emploie pour nous
conduire à ses fins. Elle refuse de passer la
nuit à Bellagio. Les hôtels pavoisés lui déplai-
sent. C'est ville de saison, ce sera insupportable ! Elle couchera plutôt sur le quai, à la
belle étoile, que d'habiter une chambre à
Bellagio !

Lorsque ma petite sœur s'est logée un entêtement dans l'esprit, je crois qu'elle se pendrait plutôt que d'y renoncer. Elle supplie, se fâche, menace ma mère de retourner à Paris. Elle s'emporte contre Spedone, l'oblige à l'approuver, à la soutenir. Elle déclare avec violence qu'un voyage fait à la monsieur Perrichon l'horripile, qu'elle y renonce, qu'elle ira en Chine avec mon père. Que veut-elle? Ma mère, après des résistances inouïes, se rend et demande à quelles conditions il faut capituler.

A l'instant même notre tyran s'apaise. Elle entre en joie, nous dit sur tous les tons que cela va être fort amusant, qu'elle nous adore. Elle embrasse ma mère, appelle Spedone son très-cher cousin, moi je suis un frère incomparable. Je reçois l'ordre de louer une barque à quatre rameurs. Spedone est envoyé pour quérir un bon dîner avec tous ses accessoires, car nous devons dîner en bateau.

C'est aujourd'hui pleine lune, et Madeleine nous promet monts et merveilles de sa fantaisie. Elle a l'audace de nous affirmer qu'avant une heure nous la bénirons.

Ce qu'elle a voulu se fait, et nous partons pour Lecco où nous coucherons.

Alors elle se penche à mon oreille et me dit :

« Tu dois être inquiet de Pascal. Tu auras ainsi de ses nouvelles un jour plus tôt. Demain soir nous serons à Venise. »

Est-ce pour moi vraiment que Madeleine s'est ainsi démenée? pour me calmer sur toi qu'elle a fait tout ce tapage? Non. Après cette scène, elle a un peu de confusion et saisit la première excuse venue pour obtenir l'absolution.

Mademoiselle ma sœur a toujours rêvé une pleine lune sur la pleine eau d'un lac italien. Nous convenons qu'elle en jouit avec un entrain divertissant. Son esprit a des étincelles plus brillantes et plus nombreuses que les frémissements de la lune sur le lac.

Tu connais l'enthousiasme de Madeleine. Il est sans cesse entremêlé d'admiration, de goguenardise, d'élan et de naïveté.

12

Le passé, le présent comparaissent autour
de notre coquille de noix. Les mythologies
païenne, indoue, persane, scandinave, gauloise, sont requises. Diane est baptisée de tous
ses noms. C'est une invasion de figures poétiques à culbuter l'imagination. Les légendes
défilent au milieu de comparaisons ingénieuses,
tantôt plaisantes et tantôt profondes. Les évo-
cations se succèdent émues et drôlatiques.

Spedone abasourdi essaye de suivre Madeleine dans cette course folle, mais sa monture
n'est pas faite pour ce Parnasse ou pour ce
steeple-chase. Un peu formé de longue date, je
donne une sorte de réplique ; au fond, je suis
un vulgaire comparse.

Je n'ai vu que toi seul tenir bon sous les
assauts de l'esprit de ma sœur, avec des moyens
de défense tout différents de ses moyens d'attaque. Je me souviens d'un jour où tu séduisis
mon père en acceptant un combat de paroles
avec Madeleine. Tu ne bronchas pas, quoiqu'au
premier engagement elle t'assaillît par une

explosion de satires sur ton air et sur ta personne. Courageux, invincible, tu lançais un
trait sûr, tandis que mille flèches tourbillon-
naient autour de toi. Madeleine, de vous deux,
se lassa la première et convint que le sang-
froid et le calme triomphent même dans les
jeux d'esprit.

Quoique Spedone eût embarqué une table,
nous fûmes forcés de dîner sur nos genoux.

Nos verres tremblotants, le service qui laisse
à désirer, ce qui nous manque, ce que nous
découvrons dans nos paniers, tout nous amuse.
Le rire nous prend, et les prétextes d'éclater
nous sont fournis par tout ce que nous disons,
par tout ce que nous voyons.

Une montagne haute, que nos rameurs appellent *monte generoso*, infestée d'ours, paraît-il,
qui descendent dans les villages en hiver, provoque toutes les plaisanteries de Madeleine.
L'aspect dramatique du lac, son nom de
branche de Lecco, qui permet à la gouailleuse
de ne l'appeler que branche : O grande branche,

ô branche tragique, etc., mettent Spedone et ma mère en si belle humeur qu'à la fin nous rions chacun de nous voir rire tous.

Les bords sombres du lac se rapprochent, se concertent, comme pour tenir état et faire des remontrances à des fous irrespectueux. Phébé se voile, s'enveloppe de nuages, se penche vers les sommets dont elle partage l'indignation, et disparaît.

Les étoiles seules, plus clémentes, ne se scandalisent pas. Leurs flèches d'or traversent gaiement le ciel tandis que nos rires percent le silence.

Nous rencontrons sur le lac des colonnes de feu jetées par des fours à chaux, qui, vers Lecco, se succèdent et se pressent. La montagne ouvre des gueules enflammées. Cerbère aboie. Voici l'entrée des enfers. Des hommes enfumés s'agitent autour des fournaises. Nos figures sont sinistres et grimacent sous le rire. Chacune des colonnes que nous franchissons nous brûle les yeux.

Lecco toujours s'avance et toujours s'é-
loigne. Nous y sommes si tard qu'il faut faire
à pied une longue course dans la ville. Notre
mère est tellement fatiguée que, aidé d'un rameur, je la porte sur un pliant. Nos trois autres
bateliers suivent avec les bagages. Ma sœur
et Spedone viennent derrière et rient encore.

A l'hôtel, nous prenons possession de nos
chambres avec un bonheur que cette fois
Madeleine ne trouble plus.

En lui souhaitant une bonne nuit, j'ajoute :

« Si Pascal avait été là, ce soir, mademoiselle la sémillante, il vous eût tenu tête, et
Spedone n'aurait pas été notre cousin. »

Elle leva les épaules et me ferma sa porte
au nez.

Je t'envoie encore une lettre demain, et
désormais j'attendrai tes réponses pour t'écrire.
Il y a un chevauchement, un écart entre ta
pensée et la mienne qui me rendent nerveux.

Ton fidèle JEAN.

12.

LE MÊME AU MÊME.

A BITAIN, PAR FORBACH.

Peschiera, 9 octobre.

Encore un lac! Nous essayons de l'esca-
moter, impossible! Madeleine est ensorcelée
par quelque démon lacustre ou amoureuse de
quelque dieu caché dans les roseaux.

Il n'y a pas à protester, nous descendons
à Peschiera! Mieux vaut d'ailleurs, prétend Spedone, entrer le soir à Venise. Madeleine ajoute qu'elle m'a fait gagner un
jour, et qu'elle me refuse le droit de me
plaindre.

Je déclare hautement qu'à Venise je me
loge à part, dans un hôtel où je serai sans

famille, où je reprendrai ma liberté perdue.

Je suis bombardé de reproches. Je courbe la tête. Ces feux-là, quand ils sont accompagnés d'une toute petite larme de ma toute petite sœur, ont bientôt éteint les miens. J'ai beau ménager à ma déroute certaines apparences de retraite, je n'en suis pas moins vaincu.

Spedone raffole des femmes qui ordonnent, qui sont volontaires, qui savent où elles veulent aller, ce qu'elles veulent faire. Madeleine le sait toujours. En ce moment elle veut visiter le lac de Garde.

Peschiera est affreux. C'est une ville fortifiée, à peine habitée, à peine habitable. Plusieurs enceintes, des remparts formidables laissent peu d'espace à la population, composée au plus d'un millier d'âmes. Se procurer un bateau est une entreprise. Nous insistons et l'on nous amène une barque de pêcheur, qu'on écope sans pouvoir la dessécher.

C'est dimanche. Une troupe d'enfants nous

entourent et raisonnent en italien des chances de notre expédition. Plus d'un hasarde ses craintes. Ils croient que nous ne les comprenons pas. Madeleine les remet à leur place en leur langue, comme on dit au boulevard du Temple.

Nous avons deux rameurs.

Glissons, mortels, sur le *Benacus* de Virgile et de Catulle.

Le lac de Garde est dangereux. Les vents y sont brusques, variables. Dans la tempête, dit le cygne de Mantoue, les vagues irritées surgissent pareilles à des vagues marines. Nous prévenons Madeleine. C'est comme si nous lui parlions latin.

La couleur étrange de ce lac à fleur de terre l'attire et nous charme.

Nous enfonçons visiblement. Je demande à Spedone s'il sait nager.

« Médaillé pour sauvetage ! » me répond-il.

Nous sommes conduits par un ex-marin et par un pêcheur, courbés sur la gaule qui leur

sert de rame et ramant debout à la façon des
gondoliers. Nous sortons du port suivis par les
yeux ébahis de Peschiera tout entier, accompagnés des vœux de toutes ses âmes.

Ma mère épouvantée gémit, se lamente sur
le triste sort d'une mère dont les enfants n'ont
pas la louable crainte de la mort. Pour la ras-
sûrer Spedone lui enseigne la manière de se
noyer et de ne point embarrasser son sauve-
teur.

La barque s'emplit toujours. Le cousin et
moi nous écopons à tour de rôle, et nous dé-
ployons un si beau zèle qu'enfin nous rejetons
plus d'eau qu'il ne s'en infiltre.

Nous pénétrons avec difficulté parmi des
roseaux rouges, des ajoncs qui se détachent en
forêt microscopique sur les bords du lac.

A l'horizon, des îles et des barques de
pêcheurs, immobiles et noires, se groupent et
s'alignent pareilles à des escadres. Les cônes
des montagnes, les arbres, les villages se
mirent d'aussi loin qu'ils peuvent. L'eau est si

transparente qu'on découvre les sables, les végétations, les roches des fonds du lac, et qu'on voit passer des aloses, des carpes, des truites.

L'aspect tout bleu que nous avions du rivage disparaît de plus en plus, à mesure que nous avançons sur le lac, pour faire place au ton blanchi de l'étain fondu. La surface des eaux est gaufrée par la brise. Les montagnes pelées sont entourées d'une brume grisâtre et semblent osciller. Les rives couvertes d'arbres au feuillage argenté se confondent avec les teintes du lac. Gargnano, Villa et Bogliaco, avec leurs jardins en terrasse, étalent sous la lorgnette leurs orangers, leurs citronniers qu'on recouvre de toitures en hiver. Le soleil couchant éclaire et dégage les hauteurs sombres. Vers Desenzano on nous désigne le lieu où sont les ruines de la maison de Catulle, l'amant si mignard et si sincère, si fidèle et si inconstant de l'ingrate Lesbie.

Nous assistons à une fête, à une joute de

couleurs sur le lac. Il devient tout à coup violet, puis lie de vin. Un brick sort de Peschiera.
Ses voiles, d'un jaune foncé que le couchant
allume, s'enflent et s'incendient.

Avant de quitter le lac, le soleil s'y mire, s'y
baigne, il y réfléchit son image entière et il y
a réellement un soleil au ciel, un autre dans
l'eau. Chacun des deux darde ses rayons et
ses feux. Le regard ébloui ne sait lequel est le
plus brillant de la face ou du reflet.

Ce lac tout à l'heure blanc comme un lac du
nord a maintenant un caractère oriental. On
dirait un grand désert de sable doré. Les montagnes s'empourprent. Les joncs et les roseaux
sont en liesse de flamme. Il passe sur le rivage
des animaux noirs aux crinières grises, qui
boivent le flot rutilant, mugissent et s'en
retournent enivrés.

Bientôt la scène change encore. Les montagnes perdent leur réalité. Les deux soleils
fuient ensemble vers le Tyrol. Le soleil des eaux
s'enfonce à mesure que le soleil du ciel s'éloi-

gne. Le lac redevient bleu. Un grand disque de lumière se détache d'une fournaise ardente. Les nuages sont roses. Le lac retient un moment encore le soleil, qui s'échappe et ne laisse derrière lui que des traînées de couleur.

- Des lignes nettes, précises, tirées au cordeau, s'étendent d'une rive à l'autre. Un prisme invisible décompose la lumière : le violet, le rouge, le vert, l'orangé se dégradent, et glissent sous une écharpe blanche qui se déroule au milieu du lac et lentement le couvre tout entier.

La lune, pâle et ronde, se lève dans un ciel pur d'un gris cendré. Toutes ces couleurs, toutes ces lumières ont-elles fini de se jouer sur le lac ? Non.

Les teintes saumonées, rougissantes, cuisse de nymphe émue, reparaissent pour la troisième fois. Des lignes nouvelles se reforment sur champ d'or. C'est comme un immense drapeau héraldique écussonné de montagnes. L'eau se jaspe, se marbre, ou ruisselle, ou se froisse ou se crêpe. Au couchant, les nuages

13

s'éteignent un à un, renonçant à regret aux vêtements de gloire du jour disparu.

Les villages dont le lac baise le pied se nomment Garde, Gardolina, Cisano, Lacise.

Dans l'air du ciel, les étoiles se fixent pour la nuit. Sur la terre, de grands voiles s'étendent que la lune soulève paresseusement.

Je considère nos rameurs. L'un, à la barbe rousse, à la taille fière et fine, ressemble au berger Pâris. Il est coiffé du bonnet phrygien, L'autre a les yeux absinthe, les cheveux noirs, frisés, courts, le visage bistré d'un mulâtre. Ils parlent peu, mais notre admiration pour leur lac fait briller de joie leurs regards. Madeleine triomphe et décerne au lac de Garde la couronne de beauté. C'est à coup sûr le plus original, le plus curieux de tous.

Qu'importe la barque emplie d'eau, qu'importe la fatigue d'écoper! Spedone est dans l'enchantement. Je ne regrette pas notre excursion. Ma mère, depuis que nous revenons vers Peschiera, est en bravoure.

La musique militaire joue dans la place et nous envoie au loin les sons adoucis des instruments de cuivre. Nous nous retrouvons parmi les roseaux, et enfin nous atteignons le port.

On dîne tant bien que mal à Peschiera. Un courrier part et je lui confie cette lettre, que tu auras après-demain.

Tout à l'heure nous prenons le train de Venise.

Ton ami,

JEAN.

PASCAL A JEAN,

A VENISE.

Bitain, 8 octobre.

J'ai quitté la France française pour entrer dans la France prussienne. Comment n'ai-je pas été réduit en cendres? Comment les orages de mon cœur ne m'ont-ils pas foudroyé? Aux premières stations j'ai cru que j'éclaterais, puis je me suis dominé, contenu à la surface, mais pour souffrir plus profondément.

J'entendais mes chers noms de bourgs, de lieux lorrains prononcés à l'allemande, écorchés. Mes oreilles saignaient. J'ai vu les couleurs ennemies flotter sur nos villes, et mes mains ont tremblé de ne pouvoir les arracher.

Ces plaines, ces bois, ces collines ont je ne sais quelle tristesse de pays captifs, et m'ont fait pleurer les larmes des vaincus.

Notre langue, dans la bouche des lorrains, est maintenant plus rude, plus provocante. Elle raisonne comme une protestation contre l'étranger.

Mon corps se brise, frère, mes membres sont écartelés. J'embrasse des yeux ce sol, je touche du pied ces terres, et je voudrais en fuir la vue, en repousser les chemins. Ma voix réveille ces échos qui répondaient émus autrefois et qui sont terrifiés aujourd'hui.

Le ciel de Lorraine est abaissé, les champs sont mornes, les eaux troublées. Le pays a son humiliation, le paysan ses chaînes. Ils pleurent dans leurs embrassements, et l'Alsace si proche, et les Alsaciens si voisins, ne les consolent pas, car eux aussi sont humiliés et enchaînés.

Mon village est prussien, Jean, prussien! Je le savais, mais je n'y croyais pas. Sa rue

pavée où enfant j'ai couru derrière les canons
français, la maison de mon père, celle de mon
oncle, les prairies, nos ruisseaux, tout cela est
couché sur une carte de l'empire d'Allemagne.
Cet imperceptible trait dans les lignes d'un
plan, s'allonge, se tord, sillonne de grands
éclairs brûlants la voûte enflammée de mon
cerveau.

Mon oncle a la fièvre. Je le veille. Ce délire
qui le fait parler avec égarement, vais-je
l'avoir comme lui?

Il me raconte la guerre dans notre village.
Il évoque mon père, ma mère, et je souffre
deux fois leur mort. Je ne les avais pas vus,
moi, sur le champ de bataille, ramasser des
blessés, blessés eux-mêmes, soignant nos
soldats, s'oubliant, victimes de leur héroïsme.
Je les vois dans les récits enfiévrés de mon
oncle. Ses paroles tour à tour me désespèrent
et m'enorgueillissent.

Ami, je pense aux hommes qui disent, les
uns que la patrie est dans les régions sur-

naturelles, les autres qu'elle est dans l'huma-
nité entière. Le mot de France ne les fait pas
tressaillir comme moi, ceux-là, dans tout leur
être. Ils n'ont point la passion, ils n'ont point
la jalousie, ils n'ont point la haine, ils n'ont
point l'amour !

Jean, tu as été bien Français au fond des
précipices du val de Gondo. Je t'en aime
davantage. Mais Madeleine a renié là sa religion patriotique. Elle a brisé les images de
son culte. Elle est devenue sacrilége !

Au chevet de mon oncle je ne devrais songer
qu'à mon cher malade. Je songe à ta sœur
sans cesse, et elle ajoute une amertume à ma
douleur.

Se peut-il qu'elle choisisse un étranger,
qu'elle fasse en elle ce tort à notre France,
qu'elle s'éloigne de la patrie éprouvée? Non,
Jean, tu te trompes ou tu me punis de ma
sauvagerie vis-à-vis de Madeleine.

Quand je me suis échappé de ce bal, à Paris,
chez toi, je n'imaginais pas que des semaines,

des mois me sépareraient de vous. Je voulais
me reprendre parce que vous menaciez de
m'enchaîner, mais je me serais peut-être libre-
ment offert quelques jours plus tard. Cette
affection de ta sœur, je ne puis m'accoutumer
à l'idée de la perdre.

L'amitié sérieuse que Madeleine avait pour
moi est-elle donc remplacée par l'amour qu'elle
a pour un freluquet italien ?

Écris-moi, écris-moi toujours ! Je ne saurais
plus me passer de tes lettres.

PASCAL.

13.

JEAN A PASCAL,

A BITAIN, PAR FORBACH.

Venise, 11 octobre.

Tu défailles, Pascal. Ta souffrance dépasse la
mesure de tes forces. Prends garde ! le cœur se
brise. Songe qu'en ce moment tu veux sauver
ton vieil oncle. Donne-lui de ta santé au lieu
de partager son délire et de te laisser enfié-
vrer par sa fièvre. Défends-le, ce Lorrain, puisque tu ne peux plus défendre ta Lorraine.
J'imaginais bien que ce serait pour toi une
épreuve cruelle que de rentrer dans ce village
maintenant prussien.

Dès que ton oncle sera transportable, em-
mène-le à Fontainebleau. Sa convalescence

vous tuerait. Lorsqu'on revient à la vie on se
plaît à faire des retours sur soi-même, sur les
grandes émotions du passé. A chaque coin de
haie, dans ses premières promenades, sous
chaque arbre, à côté de chaque touffe d'herbe,
ton oncle verrait se dresser une ombre accusa-
trice des ennemis, il soufflerait sur ta haine,
l'attiserait au point d'incendier ta raison.

C'est ici, en ce lieu, dirait-il, que tel crime
fut commis, et la rage te mordrait, et la colère
impuissante te brûlerait le sang.

Ton village est l'un de ceux où l'héroïsme
patriotique a le plus défié les vengeances prussiennes. Reviens en hâte dans la France française avec le vieux parent que tu veux con-
server.

Je le sais dans mon cœur, ton oncle, tu me
l'as fait un jour connaître. Tu désirais qu'il
abandonnât la Lorraine conquise. Tu lui écrivis
longuement à ce propos. Il te répondit un billet
que tu me lus, et que je me rappelle :

« Quand l'homme et la terre maudissent

ensemble, t'écrivait-il, la malédiction germe et croît. Où donc ensemencerais-je ma haine dans un sol plus arrosé de sang, mieux préparé pour qu'elle y porte ses fruits? »

Relève-toi, frère; le malheur te courbe, ne te laisse pas écraser par lui. Ni ton oncle, ni la patrie ne te manquent encore, et tu peux aider à les guérir tous deux de la maladie et de leurs blessures avec tes soins, avec ta patience, avec ta force.

Je te quitte, mais je t'écrirai ce soir, pour te distraire, le récit de notre entrée à Venise.

A toi,

JEAN.

LE MÊME AU MÊME.

Lundi soir.

Je reprends la série de nos aventures.

A Peschiera, sans que j'eusse remarqué un
aparté, Madeleine avait obtenu de ma mère
que nous passerions quelques jours à l'hôtel
avant de nous installer dans le palais Bruzella,
les parents de Spedone terminant une saison de
bains en Autriche et ne devant revenir qu'après-
demain.

J'approuvai cette détermination que je con-
nus en wagon. Spedone essaya fort inutilement de la changer, Madeleine ayant décidé.

Je commence donc la narration de notre arri-

vée à Venise, et il faut que tu la subisses
depuis *a* jusqu'à *z*.

J'étais venu ici avec mon père en mil huit
cent soixante-six, et j'avais décrit bien des fois
à ma sœur la ville mystérieuse et poétique, la
ville aux puissances perdues, aux richesses
détruites, à l'orgueil écrasé, la ville déchue,
mais, comme l'ange rebelle, encore grande
dans sa chute, encore porte-lumière, vêtue de
flammes et de haillons. Je lui avais dit les jours
de Venise et les nuits, les splendeurs de l'orient
et du couchant sur les lagunes, l'ombre
sinistre du soir dans les canaux. Elle était
toute préparée à la mélancolie, au charme
languissant et triste, à l'aspect désolé d'une
ville morte qui prend sa beauté dans la ruine,
sa noblesse dans la misère.

Madeleine se promettait mille triomphes
d'intuition, d'imagination. Elle m'annonçait
des miracles, s'engageait à me faire revoir,
sous le délabrement de la Venise d'aujourd'hui,
la Venise d'autrefois renaissante et brillante.

J'attendais, presque ému, les premières impressions de ma sœur, ses premières paroles. Je ne doutais pas qu'elle n'eût des surprises et que l'incomparable ville ne lui arrachât ce cri que les enthousiastes jettent en y entrant :

« La réalité dépasse le rêve ! »

A Mestre, je voulus descendre, et je descendis, chantonnant une barcarolle. Spedone me réintégra en voiture, et me dit qu'on allait jusqu'à Venise en chemin de fer.

Madeleine s'indigna.

« En chemin de fer à Venise, m'écriai-je, dans Venise, sur le Grand-Canal, peut-être ?

— Sur le Grand-Canal, me fut-il répondu.

— Mais c'est un scandale, monsieur le Vénitien, répéta Madeleine, une monstruosité ! »

Elle ajouta :

« Est-ce qu'il y aura des omnibus-gondoles ?

— Sans doute.

— Non, non ! reprit ma sœur, je ne verrai pas cela, je n'ouïrai pas de mes oreilles dans

une gare crier : « Venise ! » Je retourne à Paris
de la prochaine station.

— C'est Venise.

— Quoi, les nobles gondoliers vont se pré-
cipiter sur mes bagages comme de vulgaires
faquins ! Répondez donc, répondez !

— Damé !

— Voilà un mauvais point pour vous, cousin, répliqua-t-elle cruellement.

— Vous vous dites sensible au progrès sous
toutes ses formes, Madeleine ?

— Oui, en mécanique, en améliorations
commerciales, industrielles, agricoles et so-
ciales. Je suis sensible au progrès qui fait de
la glace ou du feu, de la victuaille ou des loco-
motives, je le déteste dans la poésie ! En poésie,
j'aime l'ancien, l'usé, le pâli, le moussu, l'inutile,
le passé. J'avais ma poésie de Venise, j'en conce-
vais un idéal délicat, raffiné. Je venais de l'étu-
dier dans son histoire, de la traduire avec mon
esprit que je prétends original, qui a la passion
ardente de s'émerveiller à sa manière, qui adore

ce qui se prête à ses fantaisies, ce qui le sol-
licite, ce qui l'aiguise, ce qu'enfin je comptais
rencontrer à Venise, ce qui n'y est pas; je
m'en vais!

— Cependant, Madeleine, hasarde notre mère,
il se peut qu'une fois le chemin de fer oublié...

— Le chemin de fer s'impose partout, il
siffle, il amène le gaz. On va nous montrer les
canaux éclairés au gaz, Jean!

— Parbleu, et les palais regrattés, remis à
neuf comme des décors de carnaval.

— Au fait, nous verrons le drapeau piémon-
tais, les couleurs savoyardes flotter sur la place
Saint-Marc. Y as-tu songé, mon frère?

— Hélas! ma pauvre Madeleine, j'entrevois
un abîme de désillusions. Quand nous visite-
rons l'ancien vieux désert de l'arsenal, nous
entendrons des marteaux cogner sur des navires
blindés. En soulevant le voile qui recouvre le
Bucentaure, on nous fera remarquer qu'il a été
repeint à neuf, pour le Roi galant-homme.

— Parions, Jean, que des bateaux à vapeur

transportent les badauds vénitiens de la Piazetta au Lido, que le Lido est devenu gai comme
la foire de Saint-Cloud, qu'on y boit du lait,
qu'on y trouve des ânes tout aussi facilement
qu'à Montmorency, qu'on y mange des fraises
comme dans le bois de Bagneux, qu'on y loue
des chevaux pour dames et pour cavaliers,
qu'il y a sur la plage une station de voitures-
paniers, qu'on prend des bains de mer dans la
noble Adriatique, en face de quelque casino,
café-concert!

— Ah! par exemple, Madeleine, répliquai-je
en riant, tu exagères. Le tableau est trop
chargé. Pauvre grave Lido, je demande sa
réhabilitation. Le remords te prendra en le
voyant de l'avoir calomnié ainsi.

— Mais non, dit Spedone accablé, elle ne
le calomnie pas, elle le décrit tel qu'il est
depuis quatre ans. »

J'étais étonné. Je feignis la désolation,
voire même l'effarement.

Spedone, qui n'avait cessé de grandir de-

puis son apparition à Stresa, rapetissait
visiblement. Je répétai :

« Ma pauvre Madeleine, quelle déception ! »

Elle était triste, irritée. Tout un monde de
rêveries, d'attendrissements, d'impressions
vagues, s'écroulait en l'esprit de ma mignonne
sœur. Les scènes de son roman se vulgari-
saient. Le cadre n'étant plus fait pour le portrait du héros, il fallait rogner la peinture.

« Je voudrais être plus vieille et avoir vu
ceci plus tôt », dit-elle d'un ton sec en descen-
cendant à la station de Venise.

La surprenante chose que de débarquer à
Venise sous le couvert d'une gare vitrée !

Les phrases connues : Préparez vos billets !
Par ici la sortie, messieurs les voyageurs ! Il
y a un buffet ! ont beau être criées en italien,
c'est d'autant plus extravagant, d'autant moins
réel. Stupéfait, j'eus l'air d'être ahuri dès que
je fus sur le quai du Grand-Canal. Bousculé
par la foule, je me laissai repousser, refluer
comme dans un remous par le déploiement

d'activité que provoque l'arrivée d'un train.
Madeleine ne quittait pas mon bras. Les gondoliers s'injuriaient à tue-tête, les gondoles
se heurtaient, se pressaient jusqu'à en gémir,
jusqu'à en craquer.

« Ce mystère, ce silence, cet isolement! »
murmurait Madeleine avec ironie.

Comme l'avait prévu ma sœur, tout était
d'accord avec la nouvelle Venise, station de
chemin de fer. Le sifflet brutal de la vapeur
semble avoir arraché de son sommeil la belle
aux lagunes dormant.

La lune, dans sa pleine beauté, boudait
contre le gaz. Les palais du Grand-Canal sont
presque tous habités: Le soir ils s'illuminent.
Aux fenêtres, il y a des stores qui habillent les
façades d'oripeaux de couleur, décorent de
banderolles les vieux sépulcres reblanchis.

Les poteaux à la porte des palais, fraîche-
ment peints, invitent les gondoles mondaines
à s'arrêter. Les coussins réchauffent et vêtis-
sent les froids balustres de pierre.

Pourquoi ne te l'avouerais-je pas en toute sincérité, mais à toi seul, Pascal? j'éprouve, à l'aspect de cette résurrection, de ce rajeunissement, de ce réveil, un sentiment de joie, de gaieté, celui que durent avoir les parents de Lazare lorsque le mort essaya de revivre.

Je ne laisse point percer de cette impression, bien entendu, la plus minuscule apparence. Je garde un silence morne tandis que Spedone accable Madeleine de démonstrations et l'engage irrémissiblement dans ses partis pris et dans ses paradoxes.

Je ne t'enverrai que demain notre journée d'aujourd'hui.

Pascal, il faut que je me modère. Je suis probablement insensé. Depuis hier l'espérance m'attire, m'affole, danse devant mes yeux comme un feu follet. Ah! s'il était possible encore que je rende ma sœur Française à la France! C'est à toi, frère, je le sens par tes dernières lettres, à toi que je la ramènerais!

Je m'exhorte à l'audace, à la témérité ; sus aux
Vénitiens, sus à Venise la belle !

Ton ami,

JEAN.

LE MÊME AU MÊME,

A BITAIN.

Venise, 12 octobre.

Je le confesse dans le secret de la confession,
Venise vivante me transporte. Je fais bon marché de sa poésie ancienne. Ce pays de la couleur qui était encrassé, cette ville, tout entière
sortie de la main de l'homme, qu'on ne répa-
rait pas, qui s'effondrait, cette fulgurante
lumière qui s'acharnait à éclairer des ombres,
cette richesse étalant sa pauvreté, tant d'art
dépensé pour un peuple chassé de ses musées,
dépossédé de ses monuments, cela était plus
dramatique, mais moins beau.

Je préfère aux lourds Croates traînant leurs

14

sabres sur les dalles des Procuraties, les ber-
saglieri, plume de coq au vent, qui touchent
à peine de leurs pieds agiles le sol de la
Piazetta.

Les marchés, où naguère s'espaçaient, se
fuyaient quelques pastèques économiquement
multipliées en tranches, sont aujourd'hui rem-
plis, abondants. Il s'y entasse des tomates,
des courges, des pastèques entières, des me-
lons, des grappes d'oignons, des pyramides de
raisin noir, rouge, vert et blanc, des corbeilles
de pêches jaunes.

Les gondoles partout s'entre-croisent comme
au temps du carnaval. A chaque angle des
petits canaux on entend les beaux cris des gondoliers. Les ponts, les places ont des passants
et jusqu'à des flâneurs. Les Vénitiens et les
Vénitiennes paraissent aux fenêtres des palais,
à la porte des maisons. Les cabarets débordent
sur les quais.

Le jardin de l'archiduc Régnier, si lugubre
autrefois, promenade maudite du gouverneur

étranger, jardin abhorré duquel on détournait
le regard, est envahi maintenant par une foule
joyeuse qui se presse pour entendre les fanfares
d'un régiment italien, là où pas un Vénitien,
sous peine de déshonneur, peut-être de stylet,
n'eût écouté un air de la musique croate.

Au café, sous les fenêtres mêmes de l'ancienne habitation du tyran ennemi, on accompagne en chantonnant des marches, des qua-
drilles, des valses. On parle, on rit tout haut.

Le quai des Esclavons fourmille de Vénitiennes en toilette, de Vénitiens papillonnants.

Cette animation bruyante, ce va-et-vient
remuant, ces airs de danse, ne calment point
les nerfs de Madeleine. Elle demeure vis-à-vis
de Spedone dans une sorte de réserve pleine
de reproches qui le désole et désespère notre
mère.

L'ancienne Venise que Madeleine poursuit,
qu'on retrouve intacte encore dans certains
canaux, à Saint-Marc, dans la cour du palais
des Doges, au lieu d'apaiser ma sœur, lui fait

regretter plus amèrement la physionomie de la Venise non restaurée, non ressuscitée.

« Tu n'es pas d'accord avec toi-même, Madeleine, lui dit notre mère, tu fuis les noires tristesses françaises, tu t'éloignes d'une patrie malheureuse, tu repousses la pensée de ses mutilations, et tu t'écries dans le val de Gondo : «Assez de larmes, assez d'épreuves!» Tu t'épanouis sur les lacs, tu te réjouis de toutes les joies nationales italiennes, et tu exiges que Venise soit encore opprimée, douloureuse, délabrée, ruinée!

— Si j'avais cru trouver Venise brillante, égayée, joyeuse, je n'eusse pas pris la peine de chasser les ombres de mon esprit. Je ne suis venue ici, par les montagnes, par les vallées, par les champs, par les eaux, je n'ai cherché l'éclat, l'étincelant, le radieux, que pour couper par un intermède lumineux ma sanglante tragédie française et le sombre drame vénitien, que je désirais voir et qu'on refuse de me jouer. Je demande des ruines, des ruines, et l'on me

donne des lampions comme à une Parisienne
vulgaire. Je suis prise du regret de ma mélancolie en face de toutes ces enluminures, et je
songe à ma France en deuil, plus peut-être que
je ne voudrais ! »

Cette conversation faisait palpiter mon cœur
de frère. Madeleine, confusément, se disputait
à Venise pour se garder à la France. Il me
sembla qu'elle retournait en arrière, remontait
le val de Gondo, escaladait le Simplon, retra-
versait la Suisse, et rentrait dans notre Paris!

Les charmes de l'Italie sont parfois irrésis-
tibles, on l'adore à en perdre la tête; égaré,
on renie ses plus saintes amours, la foi jurée à
son pays, on s'abandonne à elle ! Combien ont
oublié, pour cette patrie attrayante, leur patrie
mère! Mais ceux-là ont-ils tenu tous les enga-
gements pris avec la belle Italie dans les premiers transports d'une enivrante possession ?
Ne l'ont-ils pas souvent délaissée pour retourner à d'autres passions moins aimables, plus
attachantes, moins faciles, plus consenties,

14.

moins adorables, plus aimées, moins enchan-
teresses, plus hautes? « L'Italie est une maî-
tresse, la France une épouse ! » nous disait, à
toi et à moi, un élève de l'école de Rome pendant la guerre. Madeleine a été séduite par
l'Italie comme on l'est par une aventure, et
peut-être s'en fatigue-t-elle déjà comme on se
fatigue d'une bonne fortune !

J'ai conduit ma mère, ma sœur et Spedone
à l'Académie des Beaux-Arts, et je suis revenu
pour fermer cette lettre. Je vais la jeter moi-
même à la poste. Qui sait s'il ne m'en est pas
arrivé une de toi par le courrier de tout à
l'heure ?

J'irai en gondole de la poste à la Giudecca.
Je suis hanté par le souvenir ineffaçable d'un
coucher de soleil sur ce canal désert. M'y per-
drai-je maintenant au milieu d'une forêt de
mâts? C'est possible, quoique j'en doute encore.
Ah! ce n'est plus *povera Venezia!* comme l'ap-
pelaient les Italiens en mil huit cent soixante-
six, c'est Venise la renaissante, Venise la belle,

la ville aux joyeux ébats du ténor d'Haydée.
Bien plus, on y peut et parler et chanter à la
fois, Venise est libre dans Venise.

Mon amitié, Pascal, ne cesse de faire des
vœux pour la guérison de ton oncle, pour ton
retour à Fontainebleau.

Que la paix soit avec toi, frère! Je te porte
dans mon cœur.

JEAN.

P.-S. — On me dit à l'hôtel que je me
trompe sur les départs du courrier. Je laisse
ma lettre ouverte pour y ajouter quelques mots
à mon retour de la Giudecca et au retour de
Madeleine.

Non, la Giudecca n'est plus lamentable et
nue. Elle est réellement couverte d'une forêt
de mâts.

Je me crus tout à l'heure transporté dans
un monde de féeries, de décors, de change-

ments à vue. Des bâtiments énormes masquent la largeur du canal immense.

A l'entrée de la Giudecca, sur un globe d'or, une belle Venise en bronze florentin, svelte et haute, fine, ailée comme une parole grecque, se tourne vers la mer et montre à la ville d'un geste superbe la porte de l'Orient. Son pied divin jeté dans l'espace, sa poitrine lancée en avant, sa tête attentive, toute la personne de l'admirable Venise me parut plus vivante, plus active qu'au temps où la Giudecca était vide.

De grands navires peuplés de matelots chinois, anglais, américains, japonais, indiens, sont à l'ancre dans le canal ; je rase leurs flancs lamés de cuivre vert. Là-bas, sur les montagnes du Frioul, le soleil répand l'incomparable lumière vénitienne, déjà orientale, qui dore tout ce qu'elle éclaire.

C'est une transfiguration. L'eau ardente s'échauffe, s'allume, s'enflamme jusqu'à s'incendier. Un feu de joie colossal brûle autour du soleil. Les maisons rougissent à ces lueurs.

Une seule teinte pourpre resplendit dans la richesse, dans la pompe du ciel.

Le soleil plonge. Un cri m'échappe. L'hymne à la couleur, l'hosanna aux divinités du feu est chanté.

Me voici revenu, attendant Madeleine et ma mère.

Il est dit que ma sœur fera papilloter devant moi tour à tour le doute et l'espérance.

Elle rentre au bras de Spedone, les yeux brillants, les lèvres frémissantes, la voix émue.

Notre beau cousin lui prend les mains, les baise avec passion, et me salue d'un air de triomphateur.

« Enfin, dit ma mère, Madeleine s'est un peu réconciliée avec Venise, elle s'est un peu fondue à l'aspect de tous les chefs-d'œuvre de l'Académie des Beaux-Arts. Spedone a été si intéressant, si spirituel, si galamment épris, si amoureux, qu'il a regagné tout le terrain perdu depuis notre arrivée à Venise.

—Les merveilleuses peintures, Jean, que ce triomphe de saint Marc, la présentation au Temple, le pêcheur rapportant l'anneau au doge! dit à son tour Madeleine. Ce pêcheur te ressemble et ressemble à Spedone. Je veux demain retourner avec toi, dans cette salle, devant ce tableau.

— Et... devant l'autre! n'est-ce pas, Madeleine? ajouta Spedone avec une malice tendre dont je ne devinai point les sous-entendus.

— Il faut que tu saches, Jean, reprit ma sœur, en s'asseyant auprès de moi, que notre cousin me ménageait une surprise à l'Académie.

— Laquelle?

— Ah! c'est tout un joli roman, qui m'a touchée, j'en conviens.

— Conte alors.

— Imagine que, dans le salon du pêcheur rapportant l'anneau, il y a une toile de Bonifaccio représentant des femmes de la noblesse vénitienne assises dans la salle d'un palais.

L'une d'elles, m'assure-t-on, et je n'en souffre
guère, car elle me plaît fort, est mon portrait
ressemblant. Spedone, lorsque nous appro-
châmes de cette beauté peinte, était dans une
agitation que je ne m'expliquai pas et dont je
ne pus soupçonner la cause. Son attendrisse-
ment, exprimé par des regards mouillés et
ravis qui couraient tantôt d'un point de la
salle à moi et tantôt de moi à ce point, m'in-
trigua un moment comme une énigme. Tout
à coup il pâlit, rougit... Me saisissant la
main, il m'entraîna sous un tableau et me
retint prisonnière. Au comble de l'émotion,
se soutenant à peine, il me dit en me
montrant une femme de Bonifaccio, belle
comme une déesse, cette unique parole :
« Vous ! »

— Ah! Jean, s'écria Spedone, jugez de mon
inexprimable joie lorsque je vis Madeleine à
Stresa, elle que j'idolâtrais depuis dix ans
dans un visage inanimé, comme un dévot
idolâtre une madone. J'avais cru découvrir une

ressemblance entre ma Vénitienne de Bonifaccio et la photographie de Madeleine. Mais
je me répétais que mon culte pour une image
égarait ma raison, et me faisait souhaiter jusqu'à la folie de rencontrer mon idéal dans une
créature. J'ai su le dire à votre sœur, Jean,
malgré mon délire : je n'ai véritablement aimé
qu'elle en ce simulacre, mais je n'eusse pas
aimé Madeleine comme je l'aime, si elle n'était
point la réalité vivante de ce sublime portrait.

— Ces aveux, cette rivale, ce mélange d'admiration pour la peinture, pour moi, reprit
Madeleine, tout cela sincère, passionné, original, n'avait rien de vulgaire, Jean, je te l'assure, et t'aurait conquis malgré toi. »

Je n'ai pas le courage d'ajouter un mot à
cette interminable et navrante fin de lettre.

Adieu, adieu.

JEAN.

PASCAL A JEAN.

Bitain, 10 octobre.

Mon oncle est mieux, quoique plus faible.
Le village presque en entier vit à notre porte.
médecin, d'heure en heure, donne des nouvelles du malade par une fenêtre du premier
étage. Je ne savais pas que mon oncle fût
chéri à ce point. Il le savait, lui, mais ne s'en
montre pas moins touché de tant de preuves
d'affection.

Hier, sa filleule a demandé à l'embrasser
Le médecin et moi, après une consultation,
nous avons décidé d'admettre la jeune fille
auprès de lui.

15

C'est la filleule qu'il voulait me faire épouser.
Elle a dix-sept ans, elle est grande, pâle,
triste, élégante. Sa physionomie exprime une
douleur sans résignation. Orpheline, elle habite
avec une grand'mère, et elle élève quatre
frères dont le plus petit est né pendant
la guerre.

La jeunesse des filles lorraines s'écoule dans
les larmes, leur gaieté est prisonnière de la
Prusse. Elle m'a dit :

« Vous êtes militaire?

— Oui.

— Dans l'artillerie?

— Dans l'artillerie.

— Je le savais, mais il me plaît d'entendre
la voix d'un Lorrain me répondre : Je suis soldat et Français. »

Elle ne parlait point à mon oncle et s'a-
dressait à lui en langage muet. Leurs yeux
ont changé plusieurs fois d'expression. Ils se
comprennent sans rien dire.

Au moment de quitter la chambre, Jeanne

Mamert — elle s'appelle du même nom que nous — s'est retournée :

« Parrain, a-t-elle dit, mon frère le plus jeune sait depuis hier lire et écrire le mot France.

— C'est bien ; et ton école? lui a demandé mon oncle.

— Il me manquait Gaspard, le fils du tourneur, je l'ai.

— Alors tu les as tous?

— Je les ai tous, deux fois par semaine.

— Que fait l'instituteur allemand?

— Il promet des livres, des récompenses à ceux qui lui dénonceront l'école française, mais pas un de mes petits Lorrains n'avouera qu'au lieu de jouer avec mes frères, le dimanche et le jeudi, ils apprennent le français avec moi.

— Courage, Jeanne !

— Courage, parrain !... Ne mourez pas, reprit-elle, vous seriez trop heureux.

— Cette petite te plaît-elle? m'a dit mon oncle après le départ de Jeanne.

— Elle m'attriste affreusement.

— C'est qu'elle est Lorraine! » me répondit le vieux patriote.

Je l'ai arrêté. Je n'épouserai pas sa filleule. Ma douleur me suffit. Si j'y ajoutais, je deviendrais fou. Souffrir plus, je ne peux pas! Depuis que je suis ici, que je soigne mon oncle, j'ai une surcharge de chagrin qui, tu le prévois, dépassera bientôt la mesure de mes forces.

Je me sens l'âme tourmentée. Vais-je donc perdre Madeleine? S'arrachera-t-elle si facilement à mon amitié? S'est-elle seulement informée si je pourrais vivre heureux sans sa confiance, sans son affection, sans sa tendresse? Quoi, elle s'éloigne à tout jamais de moi parce que je l'ai fuie un seul jour?

Je suis bouleversé, Jean, je suis malade. Ma souffrance est intolérable. Est-ce mon séjour en Lorraine qui me torture? Sont-ce les craintes que j'ai sur mon oncle ou mon effroi de voir Madeleine devenir Italienne qui m'affolent? Je l'ignore absolument.

J'ai peur que Madeleine ne soit à cette heure
irrémédiablement engagée à ce Vénitien au
charme duquel tu échappes avec peine, et que
Venise n'achève de la séduire ; car quel lieu
pour aimer ! Avertis-moi par dépêche aussitôt
que des paroles définitives auront été échan-
gées. Quand tu seras désespéré, je ne veux
pas être dans l'incertitude, espérer par toi
encore.

Que tu es généreux, frère, de ne pas m'accuser, moi qui pouvais te garder Madeleine en
l'aimant ! Je suis bien coupable vis-à-vis de toi,
sinon vis-à-vis d'elle qui n'a que faire de mes
regrets tardifs.

La fièvre ne me quitte plus. Pardonne à mon
incohérence. Je ne sais si je veux ce que je
désire, ou le contraire. Je ne suis certain que
de mes hésitations. J'ai une lassitude de vivre
qui décourage la vaillance de mon caractère
autrefois si résolu. Je suis ballotté en moi d'une
faiblesse à une autre. Ma raison flotte comme
une épave.

Je me croyais un homme. Je m'enorgueillis-
sais de ma solidité, de ma force. Je ressemble
à ces minces ballons gonflés qu'une piqûre
crève. Je me fais pitié !

Mon oncle va mourir, Madeleine va m'être
enlevée. Cela le même jour, à la même heure,
sans doute pour que je succombe accablé. Mon
seul parent, mon amie la plus chère s'éloignent,
m'abandonnent. Jean, notre sœur nous repousse,
toi et moi, notre sœur !

Ma faute, ma très-grande faute est d'avoir
aimé Madeleine fraternellement... Que dis-je ?
C'est mieux ainsi puisqu'elle en aime un autre
d'amour !... Ab ! le destin menace de me frapper coup sur coup ! Eh bien, je lui dispute la
joie cruelle de frapper un homme courbé. Je
me redresse, je suis debout !

PASCAL.

JEAN A PASCAL.

13 octobre.

Quelques mots douloureux t'échappent. Encore sont-ils ressaisis aussitôt qu'ils ont glissé de ton cœur. Tu n'as pas voulu être aimé, tu le voudrais maintenant. La fortune, aveugle comme l'amour, avait tiré pour toi de sa grande sacoche son meilleur billet. Tu l'as refusé. Est-ce à moi de pleurer sur ta misère ? Non, mille fois non !

Je pourrais t'accabler de reproches, être impitoyable, et j'en aurais le droit. Mais je t'aime, Pascal, et il me suffit que tu t'accuses. Alors accuse-toi sans restrictions mentales. Pénètre au plus profond de ta conscience, tâche d'y soulever le remords; que mon doigt touche une plaie saignante! Voyons, crie, que je t'entende! Est-ce une sœur ou une femme qu'on te prend, est-ce une amante qu'on te ravit?

Si tu m'écrivais : Moi, Pascal, j'aime Madeleine d'amour, il me la faut ou je meurs; si j'avais cet appui en toi, je soulèverais le monde! J'arracherais ma sœur à Venise, à Spedone, je l'enlèverais, je la conduirais jusqu'en Chine à mon père!

N'attends pas l'irrévocable. Nous y marchons chaque jour, à chaque heure. Ta réponse à cette lettre peut même venir trop tard.

Le père et la mère de Spedone heureusement sont retenus en Autriche pour une semaine encore. Madeleine refuse de prononcer d'ici là un oui définitif. Elle connaît la mère de notre cousin, mais elle a, répète-t-elle en riant, des exigences qu'elle veut lui soumettre avant de s'enchaîner.

Maintenant que tu souffres de perdre Madeleine, je puis te le dire : le bonheur pour toi eût été de l'aimer. Sa beauté n'a point d'ombres, sa gaieté chasse les amertumes. Elle t'eût révélé dans l'amour ce que tu ignores, Pascal : que le sourire ne dessèche pas le cœur, que la tendresse n'amollit point le courage, que la félicité vraie, noblement conquise, n'est pas une médaille qui a pour revers l'égoïsme !

Tu penses, toi, que le devoir de l'homme vis-à-vis de lui-même, lorsqu'il est déchiré par l'épreuve, est de s'enfermer pour ne point donner aux autres le spectacle de sa blessure. Ah ! qu'il est plus humain de chercher la guérison ! Il ne faut pas garder sa chair en lambeaux, non, non ! Mieux vaut cent fois faire étancher le sang, découvrir la plaie, permettre qu'on la panse, qu'on la ferme.

La grande guérisseuse des maux de l'homme est la femme. Douter de la puissance bienfaisante de l'amour, c'est risquer de vivre avec un cœur ulcéré ou corrompu.

La confiance, cet état que Madeleine t'accuse d'ignorer, t'eût donné tout d'abord la tendresse de ma sœur, puis la consolation, puis la paix réparatrice des douleurs, sans diminuer, crois-le bien, la fermeté de ton caractère, sans rien enlever à tes haines vigoureuses, sans éteindre tes flammes vengeresses, sans t'affaiblir pour les jours de grand combat. Les forces se renouvellent dans le repos aussi bien qu'elles s'entretiennent dans l'action.

La France aime qu'on aime! Elle applaudit à la gaieté jusque dans la mort. Elle exige qu'on la serve et qu'au besoin on la défende avec belle humeur. L'existence française doit se mener avec grâce, sans pleurnicheries, sans désolation, sans plaintes.

Tu es resté Français, n'est-ce pas? Si tu étais Lorrain-Allemand, je te permettrais de gémir, de pleurer, de n'avoir plus que des

vertus d'opprimé, que des résignations impuis-
santes, que l'humilité du malheur.

Ainsi, le visage de cette filleule de ton oncle
que tu me dessines d'un trait m'a brûlé les
yeux comme un éclair. Elle m'a frappé d'admiration. J'éprouve pour elle un respect religieux.

Il y a des tristesses qu'on ne peut vaincre,
parce qu'elles s'imposent heure par heure; il
y a des désespoirs qu'il faut subir, parce qu'on
les excite tous les jours; il y a des plaies qui
demeurent béantes, parce qu'on les rouvre
sans cesse. Alors que faire, comment résister, comment guérir? C'est impossible! Là-
bas, sous le joug, rivée au sol, opprimée,
esclave de l'étranger, arrachée à la patrie
bien-aimée que le conquérant veut remplacer
par sa patrie à lui, violente et odieuse, je consens à voir la figure assombrie de Jeanne
Mamert, de l'orpheline qui apprend aux petits
Lorrains-Allemands à écrire et à lire le mot
sacré de France... Et encore il surgit en mon

âme la passion de redresser ce tort, et de refaire de cette jeune fille lorraine une Française, en l'épousant.

Pascal, tes « regrets tardifs », voyons une fois pour toutes, est-ce que cela signifie que je dois me jeter aux pieds de Madeleine, la conjurer de surseoir à ses fiançailles italiennes, afin que tu puisses implorer ton pardon, et sinon l'obtenir, au moins le réclamer?

Je te serre les mains.

JEAN.

LE MÊME AU MÊME.

14 octobre.

Quoique Madeleine ait du goût maintenant pour la Venise nouvelle depuis sa visite à l'Académie, elle a des retours bien vifs vers l'ancienne.

Hier au soir nous étions au café Florian, sur la place Saint-Marc, prenant des glaces, causant avec Spedone et avec plusieurs jeunes Vénitiens de ses amis qu'il nous a présentés, que nous rencontrons deux ou trois fois le jour, et qui sont déjà tous plus ou moins amoureux de Madeleine.

Elle a remplacé sa cour parisienne, ce

à quoi elle n'est point insensible, l'adoration
étant une dette qu'elle consent à se voir payée
même en monnaie étrangère.

Je revenais du Lido, qui m'avait amusé avec
sa naïve et vulgaire copie de nos plages de
saison. Madeleine m'interrogea en me conviant
à la critique, et je répondis, non sans exciter
l'indignation de Spedone et de ses amis, que
malgré ses façons de cabaret, le Lido avait
encore du charme.

Nos jeunes Vénitiens sont enivrés de leur
Venise actuelle, et, de toi à moi, cela se com-
prend. Madeleine leur tient tête, chante la
povera vecchia Venezia, et jette à tort et à
travers les perles de son esprit railleur au nez
de tous ceux qui la provoquent.

Je lui ai entendu dire avec un air de factieuse,
qu'en rebadigeonnant de beaux vieux murs
crépis avec du soleil, la municipalité vénitienne
était plus criminelle que si elle avait incendié
vingt palais.

Je te laisse à penser quel effet produisent de

telles paroles, et si elles révoltent les Vénitiens !

Eux, dans la joie de ce réveil de leur ville adorée, jeunes au milieu de cette explosion de renouveau, voyant l'aisance avant-courrière de la richesse revenir à la cité autrefois si opulente, s'enorgueillissent, se pavanent, se glorifient. Tu devines s'ils bondissent sous la satire !

« Chère Madeleine, repartit Spedone, vous eussiez donc approuvé ces gondoliers qui essayèrent de faire sombrer le premier bateau des Messageries lorsqu'il parut sur la rive des Esclavons ?

— Les simples ont l'instinct des plus hautes réalités poétiques, cousin; vos gondoliers avaient raison. C'est affreux de voir le palais des Doges enfumé par la vapeur, et d'ouïr le sifflet des mécaniciens déchirer le majestueux silence de la reine de l'Adriatique. Aussi les lagunes fouettées par les grandes roues des paquebots protestent en se troublant et renvoient à leur surface la boue que les gondoles ne remuent pas.

— Mademoiselle, dit l'un des amis de Spedone, officier de marine, peut-être, malgré
l'élévation de votre caractère et le désintéres-
sement de votre cœur, votre patriotisme in-
fluence-t-il votre jugement et avez-vous quelque impatience de constater que l'Italie est si
reflorissante, si fière de son activité, si relevée
de ses chutes, si joyeuse d'avoir retrouvé l'espérance ?

— Il serait bien étonnant qu'une Française
fût jalouse des prospérités de l'Italie, reprit-
elle avec sa hauteur. La générosité n'est pas
jusqu'à présent le moindre de nos défauts. Je
ne supposais point qu'en m'extasiant jusqu'à
l'émotion sur la vieille Venise, je dusse attirer à
mon patriotisme d'aussi injurieux soupçons. »

Le joint me plut.

« Ces duretés, je les accepte, dis-je, et si
je préfère l'ancienne Venise, c'est en effet
parce que la nouvelle a le bonheur insolent. Je
ne suis point aussi détaché que ma sœur de ma
passion exclusive, égoïste, si l'on veut, pour

mon pays, et je songe avec envie, signor officier, que la plupart de vos joies sont faites de
nos douleurs.

— Comme nos douleurs ont été faites de vos
joies quand la France de Bonaparte nous a
livrés à l'Autriche, repartit l'officier de marine.

— Sans doute, ajoutai-je, le bonapartisme
vous devait la délivrance, mais daignez convenir que nous autres républicains nous avons
été deux fois victimes, et des trahisons du premier Bonaparte, et des réparations du troisième?

— Point de politique! s'écria Spedone, qui
sentait le débat tourner à son désavantage. Il
s'agit de poésie, d'art; eh bien, Jean, ne faut-
il pas des chants sur cette onde qui les répète,
des visages à ces palais qui s'ouvrent et boivent
le soleil par toutes leurs fenêtres? Ne mar-
chandez pas les gaietés à cette lumière. Ces
places qui sont des salons, qui s'ornent des
toilettes élégantes, réclament la foule italienne
amoureuse des vives couleurs. Ces galeries, en

face de ces mosaïques ruisselantes, veulent des bijoux à leurs vitres. Ici, les nuées de colombes, les femmes, les fleurs s'entre-mêlent avec poésie, et la musique, l'amour, la joie nationale chantent avec éclat.

— Tout ce festoiement m'aveugle au lieu de m'attirer, dit Madeleine. Quand j'ai un élan vers cette Venise que vous décrivez, Spedone, et que, hélas! je rencontre partout, je m'efforce de le réprimer, croyant faire injure à la ville de vos pères, si solennelle, si noble, si sérieuse, si profonde, si froide, si grande, si tragique. »

C'était l'heure du dîner. Spedone offrit son bras à ma sœur, et nous reprîmes notre gondole à la Piazetta.

La lune en feu, comme hier le soleil sur la Giudecca, se lève derrière le Lido et comme lui empourpre les flots. Tout est rouge à Venise.

« Mes enfants, nous dit notre mère avec lassitude, ne pourriez-vous faire une halte dans ce chemin sombre et triste où vous me forcez de vous suivre? Je suis vieille et j'ai besoin de sourires et de repos. Goûtez donc, sans les déclarer pleins de cendres, les fruits mûrs et savoureux que vous cueillez ici. En ce moment dans votre France, l'été pâlit, l'automne avec ses nuits brumeuses et ses matins refroidis prépare le long, l'insupportable hiver. Dans mon Italie toutes les saisons brillent, luisent, étalent des clartés sans cesse renaissantes. Renaissons un peu aussi avec cette saison, avec cette Italie, avec cette Venise. Madeleine, je t'en supplie, laisse-toi charmer par cette ville rajeunie, qui proteste contre sa vieillesse d'hier, qui s'affuble d'une toilette tapageuse, mais se calmera dès qu'elle sera certaine d'un nouveau mariage avec le temps. Et toi, mon fils, ne résiste pas au sentiment élevé que tu éprouves. Applaudis à l'Italie refaite, même quand la France est diminuée. Tu n'as pu me cacher ton admiration pour la Giudecca, et elle est bien belle, tu le nierais en vain, avec tous ces bâtiments dont les drapeaux secouent la brise.

— Ou plutôt que la brise secoue, repartit Madeleine, taquine. Ah! mère, quel dommage! Comme dans ce grand canal désert la lumière devait rouler à flots! Les vaisseaux la repoussent maintenant, la hachent, la brisent, l'émiettent. Elle se distribue au lieu de se déverser.

— La phraseuse! répondit ma mère en riant, qui m'en débarrassera?

— Moi! s'écria Spedone, et, si elle y consent, le plus tôt possible!

— Vénitien de Venise, répliqua Madeleine, vous êtes comme votre ville un peu trop jeunet, un peu trop joli, un peu trop pimpant pour moi.

— Madeleine! » dirent à la fois et avec chagrin notre mère et notre cousin.

Voilà une excellentissime journée. Ma sœur, un instant, s'est ressouvenue qu'elle était Française. Je l'ai hautement bénie, louangée, célébrée sur tous les tons. Je l'ai disputée tout le soir à Spedone, j'étais en verve, et j'ai recommencé notre discussion de la place Saint-Marc sur la politique.

Spedone a des égards pour le libérateur de la Vénétie. Je l'ai forcé à s'indigner contre l'homme de Mentana, et Madeleine lui a reproché Sedan comme s'il en était cause.

Rien ne sépare mieux que les différences d'opinion. J'ai fait kisss! kisss! avec acharnement.

Après le départ de Spedone, nous couchâmes notre mère et je suivis Madeleine dans sa chambre. Je pris des airs mystérieux pour l'entretenir de la filleule de ton oncle, et par conséquent de toi; je lui parlai de ton village, de la Lorraine, de ta tristesse, de tes « regrets tardifs ». Je me dépeignis très-amoureux de la jeune fille qu'on te destine, et peut-être le suis-je, car en défendant la France, en maudissant l'Empire, cet après-midi, ce soir, j'entrevoyais constamment le visage de l'orpheline blonde et pâle.

Elle approuvait par signes, et disait:

« Qu'importent les grâces fraîches et surannées d'une ville consolée! Je ne m'intéresse qu'à ce qui pleure. »

Adieu, Pascal. Reprends-tu courage? Ton oncle va-t-il mieux? Aimes-tu Madeleine d'amour?

JEAN.

PASCAL A JEAN.

Bitain, 12 octobre.

Mon oncle est plus mal. Jeanne et moi nous le veillons. Son délire, qui dure depuis vingt-quatre heures, est tel que nous devenons fous à l'entendre. Il ne nous épargne rien de l'agonie de notre Lorraine. Metz est tantôt défendue, tantôt livrée, selon le degré de fièvre de notre cher malade.

Jeanne, assise au chevet de mon oncle, l'une de ses mains posée sur le front de son bien-aimé parrain, lui parle, essaye de le calmer. Il entend la voix de sa filleule, mais il ne répond qu'à sa passion intérieure. Il chante des chants

patriotiques lorrains qui nous font éclater en
sanglots.

Le médecin affirme qu'il n'y a plus de guérison possible au mal de mon oncle. Il n'est
pas bien vieux pourtant, il n'a que soixante-
huit ans.

Les heures s'écoulent lentement une à une.
Que le temps est long ! Quels intervalles il y a
entre les secondes ! Quel siècle qu'un jour !
Mes angoisses deviennent plus poignantes, j'ai
peur de la mort de mon oncle. Je demande à
Jeanne de le défendre, je la supplie de ramasser sa volonté dans un suprême effort et de
la faire passer en l'âme du moribond pour
qu'il vive.

Je réchauffe la poitrine glacée du frère
de ma mère. Je lui insuffle la chaleur de
mon cœur. Je voudrais lui donner mon
sang.

« Sauvons-le! » répète Jeanne.

Cette nuit, mon oncle s'est comme éveillé de
son délire et nous a regardés.

« Mes enfants ! là, tous deux, me soignant,
a-t-il dit, je rêve sans doute ?

— Non, parrain, c'est Pascal, c'est votre
Jeanne.

— Vous le voyez, je meurs, a-t-il répondu.
Ne vous récriez pas si je vous quitte. Voici le
dernier moment, j'y ai droit. J'ai prouvé aux
jeunes qu'on peut subir le joug prussien et
attendre. Je suis libéré par cette preuve. Je ne
m'éloignerai pas de notre terre, je vais lui
appartenir davantage, faire corps avec elle.
Dussé-je ne revivre qu'en poussière, je compte
me relever quelque jour sur place au bruit du
clairon de la revanche. Je refuse d'ailleurs toute
autre résurrection !

— Ah ! mon parrain, s'écria Jeanne, luttez
contre votre mal.

— Lutter contre mon mal, filleule, est-ce
donc toi qui m'en pries ? Crois-tu que je
consente à diminuer en moi, par souci de
la mort, une telle douleur ? Ce serait m'a-
vouer indigne d'être dévoré par elle. Elle me

16

fait, Jeanne, en me tuant, beaucoup d'honneur ! »

Comme nous gardions le silence, atterrés, il ajouta :

« J'ai assez respiré l'air allemand !

— Hélas! parrain, lui dit Jeanne, la terre aussi est allemande !

— Je suis sûr que non ! s'écria-t-il. L'air est à eux parce qu'ils l'échangent avec leur souffle empesté, mais la terre est encore aux Lorrains, c'est-à-dire aux Français. Oui, la boue des chemins appartient à la Prusse, car ses beaux fils vainqueurs l'ont apportée à la semelle de leurs souliers. Patience! on la leur reportera. »

Son délire le reprenant, il continua :

« Vous la creuserez légère, ma tombe; qu'elle soit à fleur du sol, pour que j'entende la marche des pantalons rouges quand ils reviendront en Lorraine.

— La mort sera pour lui une délivrance ; qu'il soit libre de nous abandonner », me dit Jeanne.

Depuis ces mots, elle ne parle plus. Elle a dans ses deux mains l'une des mains de mon oncle. Elle ne le quitte pas des yeux, l'écoute, sans qu'une émotion apparente fasse tressaillir sa lèvre ou son front. Il peut mourir, elle y consent!

Frère, si mon oncle meurt, je ne puis le pleurer seul avec cette Jeanne qui maintenant ne le pleurera plus. Je t'appellerai !

Ma fièvre augmente. Mon oncle mort, je ne vais être aimé que de toi. C'est en vivant auprès de cette inflexible Jeanne que j'apprécie la tendresse de Madeleine, les douceurs de son amitié. Comment ai-je pu résister au charme de son affection, à la bienfaisance de sa grâce? Pourquoi ai-je eu la terreur de l'aimer? Que de consolation, que de réconfort j'eusse amassés pour un moment comme celui-ci!

Seul, je serai seul, sans famille! Je ne pourrai plus dire à quelqu'un des miens : Te souviens-tu de nos grands parents, de ma mère, de mon père, du temps passé, de mon enfance?

La nature lorraine, si je lui parle, me répon-
dra : « Je ne consolerai personne jusqu'à ce
qu'on m'ait affranchie, délivrée! »

Frère, je suis éperdu. Si je te crie : Viens à
mon secours! tu viendras?

Ton faible ami,

PASCAL.

JEAN A PASCAL.

15 octobre.

Ce cri, je l'entends, il me poursuit, il me déchire le cœur. Ah! mon pauvre Pascal, tu te croyais de fer et tu n'es qu'en acier. Bonne lame, mais qui se brise! Ta lettre m'a bouleversé; mon émotion depuis ce matin est telle qu'on la lit sur ma figure. Ma mère m'en a demandé la cause, et, comme je refusais de la lui dire malgré ses instances, elle a deviné qu'il s'agissait de toi.

« J'espère que Pascal Mamert ne va pas tomber à Venise comme une bombe? m'a-t-elle dit avec sécheresse.

16.

— Non, mais peut-être partirai-je dans deux ou trois jours pour Bitain, où Pascal est en ce moment.

— Des deux perspectives, je choisis la dernière.

— Permettez à votre fils de préférer la première et d'hésiter à vous quitter.

— Mon cher enfant, pardon! Je pensais à Madeleine.

— En quoi Pascal troublerait-il ma sœur? Si vous craignez que sa présence ne fasse regretter à Madeleine ses résolutions nouvelles, je vais la souhaiter. Votre œuvre est-elle donc si incomplète? Spedone n'est-il pas bientôt un fiancé? Mon père eût aimé Pascal, et moi, vous le savez, ma mère, je le chéris. Vous ne reculez pas devant une responsabilité grave. Je suppose que vous ne cessez d'y réfléchir. Mon père est-il préparé au lamentable dénoûment du mariage de sa fille avec un étranger? Vous l'avez prévenu sans doute, vous avez sa réponse?

— Si je l'avais, Madeleine serait déjà la femme de Spedone.

— C'est de la folie, répliquai-je. Mon père vous refusera son approbation. Il désire Pascal pour gendre, il me l'a écrit.

— Tu lui as répondu...?

— Que Madeleine aimait mon plus cher ami, et que vous seule marquiez des répugnances pour ce mariage.

— Ah, c'est inouï! cela dépasse la mesure de tout ce qu'on peut imaginer, s'écria ma mère avec emportement; on croirait, à t'entendre, que j'ai refusé Pascal, tandis que...

— Tandis que vous l'avez demandé en mariage pour ma sœur, ma bonne mère.

— A-t-il, oui ou non, voulu, veut-il de Madeleine?

— A-t-il voulu? non! Veut-il? oui! »

Ma sœur, attirée par le bruit de nos voix, accourut de sa chambre.

« Une scène! qu'avez-vous? demanda-t-elle.

— Qu'il te le dise! » repartit notre mère exaspérée.

Elle nous laissa seuls dans un salon qui s'ouvre sur le Grand-Canal et rentra chez elle.

« Alors? commença Madeleine.

— Alors, sans détours, Pascal est malheureux, il me réclame, et je vais aller le rejoindre en Lorraine.

Madeleine rougit et répliqua :

— Je te le défends!

— Si j'étais nécessaire ici, répondis-je, entre toi et Pascal, je... »

Elle m'interrompit et ajouta :

« Tu n'es pas nécessaire, tu es même inutile, selon toi ?

— Notre mère dirait malfaisant.

— Tu sais bien que non !

— Tu sais bien que si !

— Donne-moi, reprit ma sœur, cette lettre de Pascal qui t'appelle auprès de lui.

— C'est impossible.

— Je l'exige !

— A cette condition me laisseras-tu partir ?

— Jean, cette lettre, je t'en conjure »,
reprit-elle.

Tu devines le désir que j'avais qu'elle lût
ces lignes bourrelées, ton écriture fiévreuse,
qu'elle sentît ton désespoir, qu'elle vît ton
cœur se tordre, qu'elle entendît tes cris de
défaillance.

Elle s'étonnait à chaque ligne, relisait, répétait :

« Lui si froid, lui si personnel, lui si fort !
Cet orgueilleux tressaille donc dans la douleur ?

— Il gémit, il se lamente, il implore du
secours, Madeleine, tu ne peux le nier.

— Cette Jeanne Mamert, dit-elle, lui ressemble plus qu'il ne se ressemble à lui-même. »

Elle s'assit auprès de moi. Je suivis sur son
visage toutes les pensées contradictoires qui
l'éclairèrent ou l'assombrirent. Ses narines,
dont les ailes battaient en des frémissements
nerveux, sa lèvre inférieure qu'elle mordait
jusqu'au sang, ses paupières à demi baissées,

lançant des regards tendus comme des flèches
à leur arc, me firent comprendre que ma sœur
était plus triomphante qu'attendrie.

« Enfin, dit-elle, j'ai mon jour! La vie purement nationale est donc aussi antihumaine
que la vie purement religieuse. Je ne m'étais
pas trompée. Le fanatisme affole aussi aisé-
ment l'esprit d'un soldat que celui d'un prêtre.
Le voilà tel que je l'attendais, ton Pascal!
Il souffre plus du chagrin de m'avoir dédaignée qu'il ne souffre d'un malheur de famille.
L'agonie de son oncle le torture moins que la
naissance de son amour pour moi. Allons, je
suis contente, et mon sort est rempli! Pars,
mon frère, va dire à ton ami que je suis fiancée à Spedone-Bruzella, que je l'aime, et que
je l'épouserai dans un mois. Il ne me manquait que les remords de Pascal pour être tout
à fait heureuse! Jo voulais qu'il les eût au
moment où je pourrais encore lui répondre : A
mon tour je vous refuse, et je vous préfère,
non ceux que j'ai repoussés en songeant à vous,

mais le premier venu après vous. Qu'il épouse
sa Jeanne instruite au martyre, qu'elle et lui
s'étiolent dans la nuit des tristesses, s'épuisent
dans les gémissements, qu'enfin tous deux se
consument dans la malédiction impuissante !

— Ah ! Madeleine, répliquai-je, comme tu
l'aimais !

— Oui, je croyais l'aimer lorsque je reçus
l'inoubliable affront de ses dédains. Heureusement je m'exagérais ma tendresse, et la preuve
c'est que j'ai pu si facilement en aimer un
autre. Mais ma vanité outragée par le refus
n'en garde pas moins l'impatience de rendre
injure pour injure.

— Ma sœur adorée, je t'en supplie à genoux, dis-je, ne te livre pas à la perfide satis-
faction des représailles. La vengeance est une
arme à deux tranchants, et peut-être qu'à
cette heure la tienne te blesse cruellement ! »

Madeleine, qui s'était assise, se leva ou plutôt bondit vers moi. Elle saisit ma main avec
une force qui me rappela ce que tu m'écrivis

de ce malheureux soir où elle t'entraîna dans le tourbillon d'un galop et te fit perdre tout sang-froid.

« Ose me dire que ma colère contre Pascal m'emporte seule vers Spedone ?

— Je cherchais la formule, répondis-je, tu l'as trouvée, je l'accepte. L'orgueil égare ta raison et, tiens, m'aimant comme tu m'aimes, tu me détestes en cet instant comme tu détestes Pascal, pour les mêmes motifs. Tu sens bien que je ne crois pas à ta passion pour ce joli Spedone. Tu te broierais pour m'en convaincre, parce que tu ne le peux pas d'un seul mot, prononcé de certaine façon. Tu auras beau le vouloir avec ténacité, tu ne parviendras pas à lui donner la moitié de toi-même. Bien mieux, examine ton esprit et le sien, il n'y a rien de commun entre eux. Tu te plais même à en rechercher les désaccords pour constater ta supériorité sur notre gracieux cousin. Est-ce donc ainsi quand on aime ? Spedone est pour toi un élégant cavalier, un cicérone agréable, un ami obéissant, ce ne sera jamais, jamais un amour vrai !

— C'en est un vrai !

— Jure-le ! »

Elle était hors d'elle, ma pauvre Madeleine, et ne quittait pas ma main qu'elle déchirait de ses adorables griffes. Me jurer son amour pour Spedone, elle ne s'y put contraindre, car elle avait bien conscience que depuis son arrivée à Venise l'attrait superficiel qu'elle éprouvait pour notre cousin allait diminuant plutôt que de croître.

« Le grand amour est fait pour les légendes, pour les débuts de roman, point pour le mariage, eut-elle l'imprudence de me répondre.

— Ah ! Madeleine, répliquai-je, sont-ce mes oreilles qui t'entendent ? Mais tu renies tout ce que tu penses, tout ce que tu crois, ce que tu as toujours convoité ! Te passer d'amour, toi, telle que tu es, pourquoi donc ? T'exiler, sans amour pour ton mari, dans une ville où le ciel, l'eau, les murs sont amoureux, chantent

17

la passion par toutes leurs voix, quelle imprudence ! Ennuyée, oisive, loin de nous, loin de tes
amis, que chercheras-tu, que voudras-tu, que
regretteras-tu ? L'unique fortune pour laquelle tu
serais excusable d'abandonner la France, Paris,
moi, Pascal même, est la fortune de l'amour.
Si tu ne la trouves pas dans Spedone, prends
garde qu'un jour l'un de ses amis ne te l'offre.

— Épargne-moi ! » murmura-t-elle.

Et courant à la porte de l'appartement de
notre mère, elle l'ouvrit et s'écria :

« Venez, et faites que Jean se taise ! »

Notre mère vint, anxieuse; mais, bientôt
rassurée par l'irritation de Madeleine, elle me
demanda :

« Jean, que disais-tu donc à ta sœur ?

— Oh ! très-peu de chose, ma mère ; je révé-
lais seulement à Madeleine ce qu'elle a compris
avant moi, qu'elle n'aime pas, qu'elle ne peut
aimer Spedone. »

Ma mère pâlit, et répliqua :

« Va-t'en ! C'est trop de tourments à la fin.

Va vers ce Pascal pour lequel tu nous fais tant souffrir.

— Puisque mon frère nous quitte, ajouta Madeleine d'une voix impérieuse, je fêterai son départ en m'engageant à Spedone. Ma mère, vous nous fiancerez ce jour-là.

— Pourquoi tarder même jusqu'à mon départ? dis-je la tête échauffée. Perdre une minute d'une félicité si divine, c'est plus qu'un sacrilège, c'est une sottise. »

Spedone, invité à déjeuner, entra brusquement. Il était de belle humeur, son père et sa mère arrivant par le train du soir, à dix heures.

« Je salue en vous mon fiancé! lui dit Madeleine. C'est une surprise que je vous ménageais pour ce matin, acceptez-la.

— Moqueuse! répondit l'amoureux, ce n'est pas ainsi que vous m'apprendriez mon bonheur, si vous étiez résolue à le faire. Il y a sur votre visage, Madeleine, je ne sais quel air de défi qui me glace.

— Nous causerons fiançailles aujourd'hui, demain au plus tard, Spedone, reprit ma mère, puisque vos parents reviennent ce soir, et que j'attends une dépêche de mon mari en réponse aux miennes expédiées avant-hier. »

Notre cousin était inquiet de la physionomie de Madeleine. Il y avait de quoi. Je n'ai rien vu de plus révolté, de plus dur.

Au jour et à l'heure que tu voudras, Pascal, je suis aux ordres de ton amitié.

JEAN.

PASCAL A JEAN.

13 octobre.

A peine ma lettre d'hier était-elle partie que mon oncle m'appela une dernière fois, me reconnut, me montra la terre comme d'autres montrent le ciel à l'heure suprême, serra la main de Jeanne, la mienne, ferma les yeux et s'éteignit. Après une agonie de quatre jours, il mourut doucement de la mort d'un homme juste. Un grand repos, une grande paix apparurent comme une auréole sur ce front que le délire avait contracté si longtemps. Un silence glacial se répandit dans ses artères que la fièvre avait fait battre à les rompre.

Il me sembla que le temps s'arrêtait. Je demeurai immobile, n'osant m'occuper de mes déchirements, de moi-même, devant cette admirable solennité de la mort.

Peu à peu les traits de mon oncle prirent la placidité, la couleur du marbre. Jeanne arrangea les oreillers du mort, plaça ses mains sur une large couverture blanche qu'elle étendit, dont elle couvrit le lit mortuaire tout entier; puis elle me laissa seul.

Sa présence et son calme me torturaient. Je crus pouvoir, elle partie, me livrer à ma douleur. Je m'agenouillai auprès du corps de mon oncle bien-aimé, je sentis mes tempes se rapprocher, s'écraser dans un étau de fer, ma gorge se serra, mon cœur fut gonflé comme un torrent qui va briser ses digues. J'étais prêt à pleurer, à verser mon chagrin à flots.

Jeanne revint, les bras chargés de fleurs. Je me relevai. Je refoulai mes sanglots. Je me tins debout. Je l'aidai à couvrir de roses mon oncle mort.

Elle fit entrer les domestiques et leur ordonna de transporter le lit de mon oncle au milieu de la chambre. Ils le soulevèrent pieusement, le traînèrent sans bruit.

La chambre est grande, Jeanne ouvrit ses deux fenêtres, la rangea, l'orna, aidée par nos gens.

Lorsque dans les vases, autour des tableaux, sur le lit, elle eut placé de la verdure et des fleurs :

« Allez chercher, dit-elle à nos serviteurs, mes frères et tous les enfants du village, qui sont chez moi, à l'école française. Vous les amènerez ici.

— Jeanne, lui demandai-je, comptez-vous donc montrer la mort à ces petits? Pourquoi déjà leur donner ce spectacle?

— La mort est rarement aussi belle, répondit Jeanne. Lorsqu'ils l'auront vue telle que la voilà, ils ne pourront plus en concevoir jamais ni l'horreur ni la crainte. Laissez venir à notre cher mort mes petits enfants! Je veux qu'il soit pour eux une légende. Ils connaissent sa bonté, son courage, son amour de notre Lorraine. Je leur apprendrai à le glorifier dans sa vie et dans sa mort. »

Les élèves de Jeanne furent bientôt réunis au milieu de la cour, pelotonnés les uns sur les autres comme des moutons à l'approche de l'orage. Elle alla vers eux, leur dit quelques mots, de ceux qu'un général adresse à ses soldats quand il les conduit à la bataille.

Les petits se redressèrent, et, deux par deux, leurs yeux tout secs, résolus à ne pas broncher, à ne pas avoir peur, ils entrèrent.

Ne regardant la statue pâle de mon oncle que lorsqu'ils étaient affermis dans leur courage, ils passèrent en tournant autour du lit.

Jeanne leur donna à chacun une fleur qui avait touché au mort.

« Vous la garderez », leur dit-elle.

Il y eut un petit Lorraine qui demanda d'un voix assurée :

« Est-ce que je peux embrasser le vieux Mamert, mademoiselle Jeanne? »

Il l'embrassa.

« Les morts sont de glace, ajouta-t-il. Il faut les embrasser beaucoup pour les réchauffer. »

Tous les petits alors voulurent embrasser le mort.

L'un des frères de Jeanne, celui dont elle avait parlé à mon oncle le premier jour où je l'avais vue, portait un papier ouvert qu'il posa sur le lit.

« Que fais-tu? lui dit Jeanne.

— Puisqu'il est mort le grand parrain, répondit l'enfant, on ne pourra plus l'empêcher de parler à la France. Il ira la voir, il lui montrera mon papier, et tu m'as raconté, Jeanne, qu'elle rit dans ses larmes quand les petits Lorrains savent lire et écrire son nom en français. »

Sur le papier il y avait le mot : France! Jeanne le prit et le glissa sous la main de mon oncle.

17.

Je crus voir les paupières du mort frémir.

« Il m'a semblé, murmura Jeanne tremblante, que sa main pressait la mienne.

— Je l'ai entendu me dire merci! » s'écria l'enfant, qui sortit joyeux derrière ses camarades.

La petite troupe descendit bruyamment l'escalier. Les enfants disaient tous :

« C'est beau un mort!

— Nous le garderons quelques jours, n'est-ce pas? me demanda Jeanne; nous nous en séparerons le plus tard possible. »

Jean, mon ami, j'étouffe. Mon cœur éclate, mon cerveau se rompt. Jeanne refoule par sa résignation le besoin violent que j'ai de me révolter. Elle est trop forte pour que j'ose défaillir devant elle, et cependant je suis anéanti.

J'ai dans le calme triomphé de mon amour pour Madeleine, et voici maintenant que cet amour s'impose à moi dans l'épreuve. Oui, Jean, oui, je l'aime!

Comment dire, comment dépeindre cette soudaine passion, comment l'exprimer, comment détacher l'un de l'autre mon amour et ma douleur?

Supplie Madeleine de ne pas se lier, obtiens qu'elle m'attende, fût-ce pour me désespérer!

Après l'enterrement de mon seul parent, de mon vieil ami, de mon oncle adoré, je me débattrai contre mon chagrin, je lui échapperai. Je m'arracherai à mon malheur, à ce sol flétri, et j'irai à Venise, dans la lumière, sourire à Madeleine. J'aime et je souffre. Je suis affolé par la douleur, et je deviens fou d'amour!

PASCAL.

JEAN A PASCAL.

16 octobre.

Pleure, ami, pleure! Tu as perdu ta Lorraine, tu as perdu ton vieil oncle, tu as perdu Madeleine. Courbe ton front sur mon épaule et verse des larmes trop longtemps retenues. Tu es bien coupable vis-à-vis de ma sœur, mais est-ce le moment de te prêcher, de t'accuser, de te prouver sur preuves que tu as été indigne du bonheur?

Madeleine non plus ne sera pas heureuse. Elle n'aura que l'amer plaisir de la vengeance, que l'insuffisante joie d'avoir gagné un pari contre toi et contre moi.

Elle presse le dénoûment de cette aventure cherchée par ma mère plus que par elle, dénoûment qui va faire de ma sœur une fausse Italienne, comme le dépit en a déjà fait une fausse amoureuse.

Les parents de Spedone sont arrivés hier au soir. Ils ont été accueillis avec transport par Madeleine, qui exagère toutes ses démonstrations au point d'inquiéter ma mère elle-même.

Ils ont fait sur l'heure une demande en mariage, acceptée. On n'attend plus que l'approbation de mon père, et c'est, hélas! un détail de pure forme.

Constamment en voyage, ayant eu presque sans interruption des commandements depuis quatre années, mon père a déclaré plusieurs fois devant nous tous qu'il n'aurait aucune volonté lors du mariage de sa fille, et qu'il ne se permettrait que des préférences, non des choix. Ces préférences, il les avait pour toi, Pascal.

Malgré ta fuite, malgré ta première lettre,

et peut-être à cause d'elles, je ne doutais pas que tu n'en vinsses à aimer Madeleine un jour. J'écrivis à mon père quels étaient mes rêves et dans quelle mesure ils étaient réalisables. Je ne lui cachai point tes résistances contre l'amour, je lui en donnai les raisons, qui devaient te l'attacher davantage, le commandant Lalande étant le plus passionné des patriotes.

A Paris, ma sœur tantôt parlait avec une feinte ironie de l'épreuve qu'elle t'avait fait subir, tantôt accusait, non sans une amertume visible, ton cœur de sécheresse. Si elle pouvait prétendre alors qu'elle ne t'aimait pas d'amour, elle ne pouvait nier qu'elle n'eût ardemment désiré de te plaire:

Mais pourquoi évoquer aujourd'hui de tels souvenirs et s'accrocher ainsi au passé?

Madeleine sera la fiancée de Spedone ce soir. Le consentement de mon père n'étant pas douteux, tu renonces à ton amour et ma sœur me renie.

Ce définitif, que voilà près de se conclure, me met en l'état où tu me dis être depuis la mort de ton oncle. J'étouffe, je me révolte! J'ai besoin de pleurer, mais, comme toi, je ne le puis.

Je voulais te surprendre, arriver pour l'enterrement de ton vieux colonel, lui présenter les armes, lui rendre par ma présence des honneurs militaires. Ma sœur, après m'avoir chassé, m'a retenu.

« Ne pars pas avant de connaître la dépêche de mon père, m'a dit Madeleine. Elle ne peut tarder, et qui sait si elle ne te donnera pas raison? Ma mère se tourmente depuis que tu lui as confessé avoir écrit à notre père. Moi-même je me trouble, j'ai peur.

— Oh! je la connais à l'avance la dépêche de mon père, répondis-je, et veux-tu, Madeleine, que je la devine jusque dans ses termes?

— Devine-la.

— « Je regrette que mon futur gendre ne soit pas Français; mais, comme il est de nos parents, faites ce que vous avez décidé. »

— Mon frère, si cependant il allait refuser parce que Spedone est Italien?

— Je chanterais sa louange, je sanctifierais son nom, je le bénirais! Vous seriez ainsi punies, ma mère et toi, de l'impertinence, de la désinvolture avec lesquelles vous nous avez traités, mon père et moi, dans cette grave affaire de famille. Oh! oh! si le commandant Lalande faisait acte d'autorité, tu verrais, Madeleine, comment son second, moi, Jean, ton frère, j'exécuterais ses ordres! »

Ma sœur haussa les épaules avec dédain.

« Sais-tu, me dit-elle, que j'ai fait mes conditions aux parents de Spedone? Ils me cèdent le palais Bruzella, le plus beau, le plus ancien palais de Venise.

— Une glacière en hiver, un tombeau en été. »

Elle répliqua vivement :

« Nous habiterons le lac de Garde six mois de l'année.

— A Peschiera ?

— Tu es méchant.

— Je ne songe qu'à l'être, et je puis te fournir une meilleure preuve encore de la méchanceté que ce mariage fait surgir en moi, la voici : après la lecture de la dépêche de mon père, je quitterai l'Italie pour n'y plus jamais revenir !

— Ma mère t'y ramènera.

— Ma mère tient trop à posséder un fils italien pour se soucier des rancunes de son fils français. Ah ! vous m'avez, malgré mes prières, malgré mes supplications, donné ce beau-frère ! Je n'en veux pas ! m'écriai-je. J'irai là-bas, à Bitain, auprès de celui que de mon côté j'ai choisi pour frère, et, bien plus, j'infligerai à ma mère une belle-fille, je t'infligerai une belle-sœur qui vous navrera. »

Je ne sais ce que j'aurais ajouté si Madeleine ne s'était enfuie.

Je relis ta lettre, Pascal. Elle me fait une impression extraordinaire. Chaque mot de Jeanne Mamert me cause une émotion que je ne puis définir. Tu devrais admirer la vaillance de cœur de cette jeune fille de dix-sept ans. Madeleine a raison lorsqu'elle prétend que ta Jeanne te ressemble en ce moment plus que tu ne te ressembles à toi-même.

Depuis que j'ai lu le récit de cet ensevelissement d'un mort avec des fleurs, je jurerais qu'il y a dans la filleule de ton oncle des trésors de poésie et de tendresse forte. Cher Pascal, j'éprouve, je ne sais pourquoi, le besoin de te faire ma confession. Écoute-la, ne fût-ce que pour te distraire de toi-même un instant.

Je me reconnais léger, fantasque, et cependant j'ambitionne d'aimer, d'être aimé sérieusement, irrévocablement, éternellement, de me fixer à tout jamais, pour toujours. Découvre, si tu en as la liberté d'esprit, le motif des dissemblances de mon caractère et de mon cœur. Quoique je sois très-jeune encore, j'ai tant cherché que j'ai trouvé bien des aventures et bien des sentiments de pacotille. Le changement m'a d'abord plu en lui-même par ses seuls charmes d'indépendance. Puis vint l'heure où je me lassai des variétés de la même espèce. Alors je pris beaucoup de peine, j'essayai des amours sincères, désintéressées, je leur prêtai tout ce que je rêvais qu'elles eussent, j'y fournissais généreusement ce que j'exigeais qu'une femme m'apportât. Je dotai les créatures les plus imparfaites des qualités de sentiment que j'avais en moi; métier de sot, fatigant, qui provoque le scepticisme, car ces amours une fois rompues vous apparaissent ce qu'elles sont, des duperies.

Quand j'ai cru que ma sœur t'aimait, toi si sérieux, si solide, je me suis promis, me sentant fait comme elle, si votre félicité à tous deux ne me suffisait pas, de choisir pour femme quelqu'un qui te ressemblât.

Il est aujourd'hui dans mes résolutions, Pascal, non-seulement de ne point rejeter le bonheur comme tu l'as fait, malheureux ami, mais de courir à sa rencontre dès que j'aurai la plus fugitive intuition de son existence.

Je n'épouserai qu'une Lorraine ou qu'une Alsacienne, à présent que j'ai la certitude d'avoir des neveux étrangers. J'établirai ainsi une compensation. J'ai le pressentiment que j'épouserai Jeanne Mamert !

Que viendrais-tu faire à Venise ? Attends-moi, ou retourne à Fontainebleau. J'irai bientôt te rejoindre. Ce que j'ai dit à Madeleine n'est pas une vaine menace. Je ne fêterai pas ses fiançailles et je ne reviendrai jamais à Venise ! Ce sera bien assez d'assister à Paris, dans mon Paris, à ce mariage italien.

Ton dévoué,

JEAN.

LE MÊME AU MÊME.

17 octobre.

Pascal, mon ami, la dépêche de mon père m'est adressée à moi, et elle est ainsi conçue :

« Un mariage qui fera de ma fille une étrangère à la France est un acte trop grave pour que je n'en apprécie pas moi-même toutes les conséquences, pour que je n'en mesure pas tous les dangers. Je serai à Venise dans deux mois, et je prie ta mère, Madeleine, nos chers parents Spedone, de m'attendre avant d'échanger une seule promesse.

« COMMANDANT LALANDE. »

Ma mère, ma sœur, Spedone, son père, une demi-douzaine d'amis, font un pique-nique je ne sais où, et ne reviendront que ce soir. Je ne puis aller montrer cette dépêche à notre cousine en son palais Bruzella. J'en ai bien envie cependant, car c'est elle et ma mère qui ont machiné cette affaire. Elles sont, à propos de cette union, en correspondance depuis la naissance de Spedone et celle de Madeleine.

Ah! mon père, mon cher père dicte sa volonté! Ceci change la face des choses! Ma lettre sur toi, sur Madeleine, certainement l'a éclairé. Il aura soupçonné quelque incartade dans ce brusque mariage.

Puisque tu aimes, Pascal, puisque tu aimes d'amour, espère encore. Viens, si tu veux! Nous disputerons Madeleine à Spedone, à ma mère, à elle-même.

La bataille va être amusante. Je reprends mon courage. L'orgueil de ma pauvre petite sœur subira bien des humiliations!

Ce qu'elle dira, en apprenant cette nouvelle, je l'entends.

On l'opprime! elle n'est pas libre! c'est un complot! ,Elle m'accusera d'avoir envoyé des dépêches à mon père. Elle me menacera, pour me punir de ma partialité, de se lier à Spedone par serment, de se faire enlever! Notre mère, violente comme elle l'est, déclarera que mon père l'oblige à se séparer de lui.

Je serai bombardé, mitraillé. Oui, mais j'ai un allié puissant. Je compte sur des renforts, sur une armée de secours dans la personne du commandant Lalande mon père. Je sais me tenir sous le feu. Je ne capitulerai pas!

Et si la mésintelligence, les conseils de l'orgueil froissé allaient entrer dans le camp ennemi? Si ces tracas, cette attente, l'hésitation de mon père, la prévision de ses refus, diminuaient en Spedone, en Madeleine, l'ardeur d'être unis?

Alors, alors, rien ne s'opposerait plus à notre

18

retour à Paris, et peut-être obtiendrais-tu,
amant coupable, la rémission de tes péchés.
Ainsi soit-il !

Dans ce cas, je te demande la filleule de
ton oncle en mariage. Que la sainte guerrière,
patronne de Jeanne Mamert, nous protége
donc, toi et moi !

Rendre une Lorraine à la France, garder
une Française pour un Lorrain, cela vaut bien
un regard favorable de la Pucelle.

Mon frère, je te donne l'accolade.

JEAN.

PASCAL A JEAN.

14 octobre.

Le conquérant n'a pas même cette générosité de laisser au vaincu le droit de garder ses morts. Les autorités prussiennes ont
exigé qu'on enterrât mon oncle cette après-
midi.

Jeanne et moi nous conduisions le deuil,
entourés de la population de huit villages.
Nous avons couché le colonel Mamert dans une
fosse peu profonde. Pas un mot n'a été prononcé. Dire adieu au mort eût été douter de
ses dernières paroles, de sa résurrection, de la

revanche. La terre frappait sur la bière, et grondait sourdement comme un coup de canon lointain.

« Bon ! dit le petit frère de Jeanne au milieu du silence, tandis que les fossoyeurs eux-mêmes, émus comme nous tous, s'arrêtaient dans leur besogne ; bon ! répéta-t-il, le grand parrain est redevenu Français puisqu'il est mort. Lui a-t-on mis ses croix d'honneur sur la poitrine ?

— Oui, répondit Jeanne d'une voix ferme et sonore, j'ai mis à mon parrain dans son cercueil ses croix d'honneur françaises ! »

Cela nous fit à chacun battre le cœur et murmurer :

« Vive la France ! »

La terre recommença de tomber, puis, la fosse remplie, la tombe s'éleva en forme de cercueil, et ce fut fini.

L'horrible séparation !

Jeanne tenait son frère par la main. Tout à coup je la vis chanceler. Je courus à elle.

JEAN ET PASCAL.   317

Mais elle me repoussa, et s'appuyant contre l'un des arbres du cimetière :

« Prenez cet enfant, Pascal, je vous en supplie ! » s'écria-t-elle.

Nous étions presque seuls. J'emmenai l'enfant et les derniers amis de mon oncle.

Elle se redressa et revint à la tombe. Nous entendîmes ses sanglots. Je n'eus pas le courage de me retourner. Mon cœur épanchait en larmes son atroce chagrin. Jeanne pleurant, je pus pleurer à mon tour. Je rentrai chez mon oncle, chez moi ! . . . .

. . . .

On me remet l'une de tes lettres. Elle me trouve dans la désolation, en pleine faiblesse. Madeleine est perdue pour moi ! Elle va se livrer à ce cousin qu'elle n'aime, dis-tu, que par dépit, parce que, moi, je l'ai dédaignée, refusée.

Mon malheur dépasse mes forces. J'ai le vertige du désespoir. Un abîme de douleurs se

18.

creuse en moi. Le temps où je pouvais obtenir
mon pardon a-t-il fui pour toujours?

Faut-il me mettre à genoux, demander
grâce, accepter jusqu'à la pitié, me reconnaître
un pauvre homme déchiré, en haillons, en
lambeaux, qui mendie les miettes de l'affection
de Madeleine? Je consens à toutes les humi-
lités, je subirai même l'aumône!

Si ta sœur aime la vengeance cruelle, le
spectacle que je lui donne doit lui suffire. Je
tends les mains vers elle, je courbe le front
dans la poussière, je baise ses pieds.

Ma personne suppliante, mon indépendance
soumise, mon orgueil anéanti, n'apaiseront-ils
pas le cœur irrité de Madeleine?

Qu'elle daigne m'imposer une tâche, une
épreuve, qu'elle me dicte ses conditions et
m'ordonne un acte qui me rende digne d'elle.

Jean, plaide ma cause!

Je grelotte et je brûle dans la maison d'un
mort.

Si Madeleine me repousse, je ne veux plus

vivre, même pour la France! Sans elle, sans cette vision intérieure qui m'illumine depuis quatre ans, la lumière s'éteint dans le monde, et je n'entrevois plus que l'ombre, que la nuit, que le néant !

Tu sais bien, toi, que j'ai toujours aimé Madeleine. Je n'ai jamais aimé une autre femme qu'elle, je le lui avais dit, elle te l'a répété. Rien ne vaut, paraît-il, la ferveur soudaine d'un écervelé. Malheur à l'homme qui s'interroge, qui se réserve un instant, fût-ce pour se donner plus tard sans mesure et sans réserve.

Oui, je suis coupable, Jean, mais Madeleine a été légère, capricieuse, impatiente.

Quoi ! parce que je n'étais pas prêt à l'heure dite, pour ce grand, difficile et périlleux voyage de l'amour, parce que je pesais mon bagage, Madeleine s'est éloignée de moi à toute vapeur, ne laissant derrière elle qu'un tourbillon de fumée.

Je m'examine et je me vois depuis quatre ans occupé de Madeleine. Je n'ai nul besoin de reporter ma passion présente dans le passé. Combien de fois t'ai-je répondu, quand tu essayais de m'entraîner là où tu cherchais le plaisir pour toi-même : Non, puisque ta sœur ne peut être des nôtres!

Il y a bien longtemps que je suis amoureux! Tout ce que j'avais aimé avant Madeleine a pris sa figure dès que je l'ai connue, et je n'aime aujourd'hui que ce qui se prête à revêtir son adorable forme.

Entends-moi, frère, je te crie : Je l'aime follement!

Je la regarde là, devant moi. Elle est visible à mes yeux. La fièvre m'apporte l'illusion de sa présence réelle, mais l'apparition refuse de s'humaniser. Elle demeure sévère, hautaine, dure, inflexible.

Tu me défends d'aller à Venise, et tu me conseilles de retourner à Fontainebleau. Ou je vais te rejoindre, ou je meurs ici !

Heureusement je suis malade. Il se fait dans mon cerveau un brouhaha qui m'empêchera bientôt, je l'espère, d'écouter ce que je pense.

Je veux que tu m'appelles à Venise. J'aime Madeleine d'amour, Jean! Je l'aime d'amour avec passion, avec délire. M'entends-tu, cette fois?

PASCAL.

JEAN A PASCAL

18 octobre.

Je t'avais écrit dans ma dernière lettre :
« Viens! » Tu as dû recevoir en même temps
une dépêche qui te disait : « Ne viens pas encore, mais prépare-toi! » Tu attends une explication, la voici :

Au retour de ma mère et de ma sœur, j'ai lu
la dépêche de mon père. La scène a dépassé
mes prévisions.

Beaucoup d'apostrophes, d'exclamations, des
reproches, des résistances, des menaces!

Ma mère excelle dans le drame de famille.
Mon père, qui déteste ces emportements,

fruits, dit-il, d'une mauvaise éducation étrangère, les combat froidement, les qualifie d'in-
timidation, et y résiste avec calme, quelles que
soient leur violence et leur durée. Jusqu'à présent, moi qui ai l'épouvante des dissensions
intérieures, je finissais toujours par céder, par
demander l'apaisement à tout prix.

Hier au soir, je demeurai impassible.

« Jean, s'écria ma mère, je t'accuse de
m'avoir dénoncé à ton père !

— Le mot est odieux, répliquai-je, et je
vous prie de le remplacer immédiatement
par un autre, sinon je sors et ne vous écoute
plus.

— Tout cela pour ce Pascal, pour cet étranger, car il nous est étranger, tandis que Spedone est notre cousin.

— Surtout le vôtre ! dis-je.

— Ton frère me renie, renie ma famille !
répéta notre mère au comble de l'exaltation
dramatique.

— Spedone est Italien, repris-je tranquillement; il est au moins, vous en conviendrez, étranger à la France.

— Eh bien, moi, j'en ferai un Français, si je le veux! repartit Madeleine.

— Non, non, ce serait une concession, ce serait une lâcheté, ma fille. Tu l'épouseras Vénitien. Je vais de nouveau télégraphier à ton père et lui dire de choisir entre son fils et moi.

— Alors, ma mère, de mon côté, et pour mériter dans toute sa laideur une injure que vous ne retirez pas, je vous dénoncerai, j'écrirai à mon père par dépêche que vous vous entêtez à marier Madeleine pour avoir un gendre à votre seule convenance. Madeleine n'aime pas Spedone d'amour, je le lui ai prouvé, et c'est pour votre bon plaisir, pour un égoïsme moitié naïf et moitié calculé, que vous la séparez de son frère, de son père, de son pays.

— Un fils méchant, un fils cruel ! » répéta ma mère, qui éleva les mains comme pour me maudire.

19

Sa colère, ne pouvant plus grandir ni dans le mot, ni dans le geste, touchait à son terme. Plus notre mère s'exaspère, plus tôt elle s'épuise. Je la connais avec toutes ses feintes italiennes, et aussi avec sa tendresse et sa bonté. Se sentant faiblir, elle sortit en disant :

« Les moments sont précieux, et je m'attarde avec un insensé ! »

Elle frappa les portes en les fermant, et nous quitta, Madeleine et moi, pour télégraphier à mon père.

« Jean, veux-tu m'entendre à mon tour ? me demanda ma sœur.

— Laisse-moi, répondis-je, il faut que ma dépêche parte en même temps que celle de ma mère.

— Tu n'enverras pas la tienne !

— Je l'enverrai, parce qu'il s'agit de toi, et que je perdrai plutôt l'amour de ma mère que de te savoir malheureuse, et sacrifiée à un caprice ! oui, à un caprice, chère Madeleine, ajoutai-je en l'attirant sur mon cœur. Je

donnerais ma main droite pour payer l'une de
tes joies, et je veux pour toi un bonheur sans
risques, un bonheur assuré. Spedone est amoureux, il te désire, tu le charmes, mais Pascal
t'aime d'une passion ardente, exclusive, forte,
puissante, certaine, immuable. Tourne encore
une fois tes beaux yeux vers celui sur qui tu
les avais jetés, vers ton égal en intelligence, en
esprit, et détourne-toi d'un inférieur, puisque
mon père et te l'ordonne et t'en prie. »

Quoi qu'elle fît pour m'échapper, je la retins
dans mes bras, et lui répétai le passage de ta
lettre où tu lui demandes grâce et pitié.

A mesure que je lui parlais, que je redisais
ta souffrance, ton humilité, je m'échauffais et
je mêlais à ta déclaration fiévreuse ma plus
chaleureuse tendresse fraternelle. Je dépeignis
notre existence à trois telle que Madeleine
l'avait rêvée un instant, et bien plus heureuse, parce que ton cœur, morcelé autrefois,
confond à présent toutes ses amours dans un
idéal unique.

« Le noble mariage, dis-je, que celui où
l'épouse apporterait ta richesse de cœur et
l'époux la hauteur d'âme de Pascal. Ce ne serait
pas une inclination, ce serait un amour ! Oui,
celui-là même que les femmes belles et séduisantes réclament comme une dette et qu'elles
cherchent sans cesse tant qu'elles ne l'ont pas
trouvé, l'amour qui repose sur les grandes cer-
titudes d'opinion, d'habitudes, d'idées com-
munes, l'amour où il n'y a pas de chocs d'esprit
ou de sentiments qui ne soient reçus en même
temps de part et d'autre, dont les découvertes
grandissent parce qu'elles se surajoutent, dont
les émotions se doublent en s'unissant. »

Elle posa sa tête sur mon épaule, et je sentis que son front brûlait sous mes lèvres.

« Madeleine, repris-je, cet amour tu l'as
exigé trop brusquement, trop impérieusement,
et qui sait si tu n'obéissais pas bien plus aux
projets de ma mère qu'à tes résolutions intimes ? Confesse qu'elle t'a tourmentée pour que
tu provoques Pascal à une déclaration roma-

nesque ? Elle a mis ton orgueil en cause sous prétexte de sauvegarder ta dignité. Songe, Madeleine, que notre mère t'a vouée à Spedone depuis vingt ans au moins. Ne t'es-tu pas trop laissée acheminer vers Venise ? Est-ce notre cousin qui est venu à toi, ou toi, ma sœur, qu'on a placée sur sa route, qu'on a jetée dans ses bras ?

— Oui, peut-être, murmura-t-elle.

— Eh bien, reprends-toi donc puisque notre père t'y engage et que je t'en conjure! Mon père a désiré Pascal pour gendre, et serait, lui si noble, honoré de cette alliance. Il me l'a écrit, tu le sais. Moi, je te devrai la joie de ma vie entière, la félicité de tous mes jours. Notre mère, après deux ou trois drames, consolée par ton bonheur, par l'approbation d'un mari qu'elle aime, par la reconnaissance de son fils, oubliera sa fantaisie italienne. Dans ce Venise deux fois étranger à ton esprit et contre lequel tu es si poétiquement en lutte, fixerais-tu le bonheur? Non. Aux Italiens les Italiennes, aux

Français les Françaises, aux frères lorrains les frères patriotes. Au père marin, un gondolier ne suffit pas! continuai-je, m'égayant. Bon pour les canaux, non pour la mer! Ma sœur chérie, puisqu'une inspiration de l'amour paternel te protége en ce moment, garde-toi toi-même, apaise une irritation qui n'a plus sa raison d'être en face du repentir, de l'humilité de Pascal. »

Ma mère sonnait, ayant achevé sa dépêche.

Elle la remit à un domestique.

« Attendez, dis-je, vous en porterez une autre. »

Et j'envoyai à mon père ces simples mots :

« De votre fermeté dépend le bonheur de Madeleine. »

Ma mère voulut lire ma dépêche. Je lui demandai communication de la sienne. Elle refusa.

« Allez ! » dis-je au domestique.

Madeleine se plaignait de frissons. Elle ne dîna point et s'étendit sur une chaise longue.

« Tu es toujours aussi résolue, n'est-ce pas? lui dit brusquement notre mère.

— Je suis lasse et lassée, répondit-elle. J'ai droit, puisque je souffre, à un peu de calme. Ce long voyage, ces agitations, votre insistance pour hâter mon engagement à Spedone, m'ont surmenée. Je veux du repos à tout prix. Assez de tiraillements, assez de démonstrations, assez d'aventures, assez d'adorateurs, assez de mariage. Je bénis mon père de m'avoir arrêtée dans cette course folle, dont l'unique but était pour vous, ma mère, le palais Bruzella. Vous irez seule chez nos parents où rien ne me déciderait à vous accompagner. Vous leur ferez part de la décision de mon père, et vous voudrez bien ajouter que je m'y soumets sans une réserve et sans un murmure. J'attendrai, non le consentement, mais la présence de mon père. »

Notre mère, abasourdie, regardait sa fille avec stupeur. Les joues de Madeleine étaient en feu, sa respiration devenait irrégulière.

« La vie d'hôtel me fatigue et m'ennuie, reprit ma sœur. Que je voudrais être dans ma chambre à Paris, chez moi, chez nous !

— Mais, Madeleine, essaya de dire notre mère, alors tu...

— Je refuse votre Spedone et le Pascal de Jean, tous les deux à la fois, repartit ma sœur. Qu'on ne m'en parle plus ! De grâce, laissez-moi en paix ! »

Elle nous embrassa, et, malgré nos prières, entra dans sa chambre et s'y enferma.

« C'est toi qui l'as brisée ! s'écria ma mère.

— C'est vous qui l'avez harassée en lui faisant doubler les étapes de ce bel amour ! répliquai-je. Tenez, ma mère, entre nous, mieux vaudrait pour Madeleine retourner à Paris.

— Jamais ! Nous attendrons ton père à Venise. »

Ce matin, Madeleine est plus souffrante. Elle se plaint beaucoup d'un insupportable mal à la tête. Le médecin dit qu'elle a la fièvre des lagunes.

Je t'écris cette lettre à son chevet.

Elle ne dort pas, mais elle rêve. Ses yeux sont un peu égarés par le délire. Elle a déjà prononcé trois fois ton nom, pas une seule celui de Spedone. La voix de ma mère l'agite.

« Du silence! » répète-t-elle.

Au premier mot, à la première dépêche, viens !

Ah! la filleule de ton oncle pleure! Elle n'est donc pas en airain comme tu le prétendais? Si j'étais moins occupé de Madeleine, je le serais beaucoup trop de ta Jeanne.

A toi plus qu'à moi.

JEAN.

PASCAL A JEAN.

17 octobre.

Je ne t'ai pas écrit depuis trois jours. Tandis que Madeleine avait le délire, le mal de Venise, j'avais la fièvre, le mal d'amour. Moi aussi, paraît-il, j'ai répété le nom de ta sœur et le tien que notre médecin confondait avec celui de Jeanne. Le pauvre homme effaré m'a cru brûlé à la fois par deux passions. Il affirme que j'ai été vingt-quatre heures en danger.

Je te lis, je te relis, la tête encore un peu bouleversée, de sorte que tantôt je suis ébloui par l'espoir, tantôt aveuglé par la crainte.

J'aime Madeleine d'un amour que je découvre

à chaque instant plus attaché par plus de nœuds à mon esprit et à mon cœur. Je ne puis ni ne désire ou les rompre ou les dénouer. Ce qui me charme c'est que, quand je m'abandonne au bonheur d'aimer, bien loin de me sentir abaissé, je me sens porté par une puissance qui agit en dehors de moi-même, m'attire vers un je ne sais quoi où je monte, où mes idées et mes sentiments se purifient. Sur ces hauteurs, une figure sainte restée l'objet de mon culte, ma France, sourit à mon idolâtrie pour une autre et m'approuve d'aimer.

Ainsi donc elle n'est pas jalouse, ma grande patrie ! En me reprenant à elle pour adorer Madeleine, je ne cesse point de lui appartenir. La lumière doucement se fait en moi !

Imagine, Jean, qu'à force de preuves je parvienne à convaincre Madeleine de mon amour, que guidé, aidé par toi, par ta connaissance de son cœur, je puisse un jour rentrer en grâce auprès d'elle, qu'enfin elle me pardonne et qu'elle m'aime ! Combien je serais joyeux de ne m'être jamais ni galvaudé ni corrompu, et de n'avoir troublé ni les autres ni moi-même. Je suis digne d'un mariage d'amour, digne des vertus de Madeleine. Je mérite de posséder sa vie !

Si je n'ai pas compris plus tôt que j'aimais ma bien-aimée d'amour, c'est parce qu'elle m'aimait d'amitié, parce qu'elle m'accordait sa confiance, que j'avais une partie de sa grâce; c'est cette joie visible qui me faisait à **mon** insu paraître mes joies contemplatives moins creuses.

Dans l'une de mes premières lettres ne te disais-je pas, frère : Quand ma poétique prend corps elle revêt sans cesse la forme de Madeleine. Je retrouve mon amour à plusieurs années en arrière. Je le répète sans subtilité, non pour ajouter un argument à ma défense : j'ai toujours aimé celle que j'aime !

Mon dévouement à la patrie, que je croyais inépuisable, se renouvelait dans mon adoration pour Madeleine, et je ne pouvais vivre de

chimères que parce qu'en secret mon cœur
était alimenté, nourri d'amour véritable.

Tu n'as rien ignoré de tout cela, toi, Jean,
tes lettres en témoignent. De temps à autre un
cri, un appel à moi-même jaillissent et me
font encore tressaillir après vingt lectures. Tu
me connaissais bien avant que je me connusse.

Je ne puis que te redire ce mot terrible qui
éclate sous ma plume comme une fusée, qui
me brûle les yeux, qui déchire ma poitrine,
qui m'étreint et me délivre tour à tour, m'at-
tendrit et enfièvre mon sang. Ce mot est pour
moi plein de douceur et plein de cruauté, il
me berce et me secoue, il m'enivre et me
blesse. J'aime! j'aime dans l'angoisse et dans
les délices.

Jamais un moment suivi d'un autre ne me
surprend avec deux impressions semblables.
Cette variabilité douloureuse a un charme
étrange, qui m'affole et m'enchante, qui me
tient en éveil et m'engourdit. J'échappe à ma
raison pour me cramponner à l'espoir. Le

plus fugitif indice du retour de Madeleine vers
moi grossit en assurance jusqu'à ce qu'il s'éva-
nouisse en doute.

Si, après tant de confiances et tant de décon-
venues, tant de désirs et tant d'épreuves, je
devais tout à coup et irrémédiablement apprendre que Madeleine est perdue pour moi, comme
je l'ai cru avant cette maladie que je viens de
faire, sache-le, Jean, mon amour serait moins
fort que la mort.

Si Madeleine me condamne à la perdre, si le
sort me désigne pour subir un arrêt cruel et
injuste, viens toi-même assister à mon exécu-
tion. Je ne veux recevoir le coup fatal que de
ta main.

Épargne-moi désormais, je t'en conjure,
l'horrible instant que je passe en ouvrant chacune de tes lettres.

Quand tu paraîtras devant moi, je saurai
que le moment est venu! Quand je recevrai
l'un de tes billets, je pourrai au moins me
dire : Pas encore!

Je suis insensé! J'inspirerais de la compassion même à la plus implacable, si elle me voyait tel que me voilà. Je vis hors de moi-même, moi que tu appelais l'homme intérieur. J'erre au hasard, poursuivant un objet qui m'échappe et me fuit comme pour me retenir loin de ma propre pensée. Tantôt je songe à l'ineffable félicité d'un amour partagé, tantôt je m'abandonne à la passion de vengeance que provoquerait en moi l'enlèvement de ma tant aimée!

Je maudis Venise, et sa poésie, et ses ruines, et ses grâces nouvelles, et sa couleur, et sa lumière.

Je hais ce cousin victorieux, dont ni toi ni moi nous n'avons pu triompher. J'ai peur de haïr ta mère.

Ton ami,

PASCAL.

JEAN A PASCAL.

19 octobre.

Cette lettre que je reçois de toi me comble de bonheur, malgré ta souffrance. J'y sens palpiter un amour véritable pour ma sœur adorée. Cette lettre, je crois que Madeleine l'a lue!

J'étais à son chevet, dans un fauteuil que j'occupe depuis trois jours et trois nuits. Elle dormait. Je pris ta lettre dans mon portefeuille pour la parcourir encore une fois, tant elle me rend fier de t'avoir deviné avant toi-même. Je t'en demande pardon, mais en la lisant je m'endormis, ce que je n'avais pas fait depuis bien des heures. Un rêve agréable que je te dus me berça et me retint dans le sommeil.

Lorsque je m'éveillai, mon portefeuille et tous les papiers qu'il contenait gisaient épars à mes pieds. Ta lettre, que je me rappelais fort bien avoir laissée ouverte, était repliée.

Je ne murmurai pas la moindre syllabe d'étonnement pour ne pas troubler Madeleine, qui feignait de reposer, mais qui me parut toute frémissante.

Je remis en ordre mon portefeuille et j'attendis la venue du médecin, l'heure quotidienne de sa visite ayant sonné.

Dès l'entrée du médecin, Madeleine lui posa cette question à brûle-pourpoint :

« Est-ce que l'air de Venise ne m'est pas très-mauvais, monsieur ? Est-ce que, par exemple, l'air des lacs ou d'ailleurs ne me conviendrait pas mieux? »

Il répliqua sans hésitation :

« Un changement d'air vous guérirait, je le

crois. Le lac de Garde, par exemple, vous serait excellent.

— Merci, monsieur, répondit Madeleine avec gaieté, voilà une ordonnance qui déjà me fait du bien. »

Lorsque le médecin, qui est celui de la famille Spedone, fut hors de la chambre, Madeleine dit à ma mère :

« Nous partons pour le lac... du bois de Boulogne !

— Mais, s'écria notre mère, tu es folle !

— Au contraire, c'est à présent que je suis sérieuse et raisonnable. Je quitterai en même temps Venise et l'Italie, ajouta ma sœur avec cette cruauté froide qu'elle prend pour de la franchise. J'espère que vous ne résisterez pas, ma mère, à mon désir impatient et maladif de rentrer en France.

— Tu ne peux voyager en cet état. Tu souffres de la tête. Il est impossible que tu affrontes la fatigue cérébrale d'un long voyage en chemin de fer.

— Ce climat me tue et j'y veux échapper.
Quand les Vénitiens auront fait venir l'eau du
lac de Garde sur la place Saint-Marc, j'habi-
terai votre chère ville, ma mère, jusque-là
j'y renonce!

— Madeleine, tu me tortures à plaisir,
répliqua notre mère.

— Je me lèverai aujourd'hui, continua ma
sœur avec entêtement. Tu me lèveras, Jean,
puisque notre mère n'a pas pour mes projets l'enthousiasme que je me suis efforcée
d'avoir pour les siens. Demain tu feras
faire nos malles. Après-demain nous pren-
drons le train pour Milan, pour Turin, pour
Paris! »

Madeleine se couvrit la tête, et, prévoyant
une scène, s'enfonça sous ses couvertures.
Elle ne put entendre qu'un mot, qu'un appel,
qu'une prière : « Et Spedone? » car j'entraînai
ma mère hors de la chambre et je l'emportai
pour ainsi dire au salon. Elle eut une crise
nerveuse. Je tremblai qu'elle ne prît aussi la

fièvre des lagunes. Je l'entourai de mille soins,
je l'accablai de ma tendresse.

Après qu'elle se fut un peu remise, elle
murmura, désolée, mais sans colère, et les
yeux pleins de larmes :

« Jean, si tu triomphais, si elle aimait ton
Pascal !

— Ma mère, répondis-je, faites un effort
généreux comme j'ai essayé d'en faire un pour
vous à Côme? Rappelez-vous.

— Non, non, je ne pourrai pas, moi ! Si tu
savais depuis quand je nourris ce projet de
mariage?... depuis la naissance de Madeleine!
Lui seul m'a consolée de mon exil! J'aime
la mère de Spedone comme ma sœur, son
fils est le fils de mes rêves, le mari choisi
de ma fille! Perdre tout cet espoir me
tuera. »

Spedone entra dans le salon. Ma mère,
accablée, fondit en larmes.

« Ah! dit-elle, le destin prend parti contre
moi, contre vous.

— Qu'y a-t-il, comment va Madeleine ? s'écria notre cousin.

— Elle est bien, mais elle veut quitter Venise !

— Oui, reprit Spedone, je viens de rencontrer le médecin. Il m'a répété la question de Madeleine. Nous pouvons dès demain la conduire à Desenzano. Un de nos amis nous prêtera sa maison tout installée au lac de Garde.

—Madeleine préfère le lac du bois de Boulogne, ajoutai-je, aussi cruel avec Spedone que ma sœur l'avait été avec ma mère. »

Il chancela et fut obligé de s'appuyer contre le mur.

« Jean, balbutia-t-il, que vous le vouliez ou non, vous êtes bien de race italienne. Vous avez une façon de planter un poignard en plein cœur... Ah ! c'est horrible...

— Spedone, mon enfant, vous nous suivrez ! dit ma mère en suppliant. Devenez Français, puisque Madeleine consentait, avant de souf-

frir ce mal de Venise, à se faire Italienne. Et
qui sait, là-bas, guérie... Venise, plus qu'aucune autre ville, réinvite et rappelle ceux
qu'elle a une fois reçus. Mon cher fils, con-
sommez par amour le plus grand des sacrifices, celui que j'ai consommé moi-même!
Devenez Parisien, Spedone.

— Si elle m'aimait! répliqua-t-il, si Jean
me tolérait, oui, peut-être quitterais-je ma
Venise heureuse à laquelle je suis inutile,
peut-être quitterais-je ma famille, mes amis
pour Madeleine, que j'aime aussi passionnément que vous avez aimé, cousine; mais Madeleine ne m'aime pas!

— Comment osez-vous penser?... balbutia
ma mère.

— Je lui plais, mais elle ne m'aime pas!
répéta-t-il d'un ton désespéré. Demandez à
Jean!

— Spedone, répondis-je avec amitié, vous
êtes un loyal, un brave cœur. Vous dites la
vérité. Madeleine a pour vous une affection

semblable à celle qu'elle a pour moi, mais pas un grand amour, pas un de ces entraînements qui vous donneraient à l'un et à l'autre les garanties qu'il vous faut pour faire ce que ma mère appelle, avec raison, le plus grand des sacrifices : pour renier votre patrie !

— C'est vous, repartit Spedone la voix amère, qui avez empêché qu'elle ne m'aimât, vous seul, Jean. Votre passion française était l'ennemie de cet amour que vous avez sans repos, sans relâche, sans cesse, entravé, diminué, rapetissé. Combien de fois aurais-je pu sans vous, sans votre intervention jalouse, malveillante, habile, tenace, emporter d'assaut le cœur de Madeleine ! Vous ne l'avez pas voulu, pourquoi ?

— Cousin, dis-je sèchement, je n'ai pas à vous rendre compte de mes pensées secrètes. Autant ma mère a désiré que Madeleine devînt Italienne par vous, autant j'ai désiré qu'elle restât Française.

— Par un autre ! » ajouta-t-il.

Je gardai le silence. Le chagrin de Spedone me touchait. Son emportement eût provoqué le mien. Sa douleur sans colère excitait ma compassion.

« Nous suivrez-vous, Spedone? redemanda ma mère.

— Oui, si Madeleine m'en prie, s'écria-t-il exalté, je délaisserai le monde entier pour elle ! »

Ma mère embrassa Spedone et reprit courage.

Espère, Pascal, espère !

JEAN.

P. S. — Je t'écrirai ce soir encore, Madeleine va me parler de toi, j'en suis certain.

20

LE MÊME AU MÊME.

20 octobre.

Pasçal, mon frère, tu es aimé! oui, tu es aimé!

Madeleine avait lu ta lettre, et cette lettre bénie a fait cesser les hésitations de ma très-jolie sœur.

Je t'entends, ami, tu veux le détail le plus minutieux de tout ce qui s'est passé entre Madeleine et moi, tu veux une démonstration en règle de ton bonheur, tu veux des preuves et encore des preuves, les voici :

Spedone et ma mère sortirent donc pour aller au palais Bruzella prendre conseil de notre cousine.

Lorsqu'ils furent partis, je rouvris doucement la chambre de Madeleine et je m'avançai sur la pointe du pied jusqu'à son lit.

« Tu es seul? me demanda-t-elle tout bas.

— Oui.

— Où est ma mère?

— Avec Spedone, chez notre cousine.

— Pourquoi faire?

— Pour obtenir des parents de Spedone que ledit beau cousin nous suive à Paris, qu'il abandonne Venise, qu'il devienne Français! Le tout par amour de tes doux yeux.

— C'est inutile.

— Per che, signorina?

— Parce que si Spedone me suit à Paris, j'irai en Lorraine.

— Ah bah!

— Oui, l'arrêt de Spedone est prononcé. La preuve que je ne serai jamais sa femme, eh bien, Jean, c'est que... »

Je crus que j'allais tomber à la renverse.

« Achève, Madeleine, ma sœur, répétai-je
en la serrant dans mes bras.

— Tu as deviné !

— Dis-le !

— Je serai la femme de Pascal !

— A nous trois, maintenant ! m'écriai-je,
lui, toi, moi, et la France !

— Cela fait quatre ! ajouta-t-elle en riant.
La quatrième compte, mon frère, car c'est sa
pensée qui m'a protégée à Venise. »

Je dansai au milieu de la chambre, et je
t'épargne le récit de mes extravagances.

« Tu es fou, répétait Madeleine du ton
qu'elle eût dit : tu es adorable. »

Elle, au contraire, était plus calme, plus
sûre d'elle-même que je ne l'avais jamais
vue.

« Madeleine, repris-je en m'asseyant auprès d'elle, comment peux-tu être si paisible,
si confiante dans tes résolutions, lorsque tu as
été depuis un mois si hésitante, si ballottée
entre des émotions si opposées ?

21.

— Moi, répondit-elle avec son joli air de bravoure, je n'ai jamais hésité ni dans mon dépit, ni dans mes rancunes. La froideur de Pascal m'a jetée dans une aventure périlleuse dont j'avais bravé toutes les conséquences. Ce qui me plaisait le plus de ce mariage vénitien, c'est qu'il m'éloignait de celui que j'aime depuis quatre ans et que je n'eusse pu revoir sans péril pour mon repos. La pensée de me venger de ton glacial ami, de lui faire souffrir ce que j'avais souffert, m'eût poussée à bâcler cette sotte union en huit jours. Mais, lorsque tu m'as redit les termes de ce billet où il me demandait grâce, ce que je n'eusse jamais consenti à demander moi-même ! mon inimitié s'est évanouie, ma haine s'est fondue, mon amour est rentré triomphalement dans mon cœur. Et puis...

— Et puis, Madeleine ?

— J'ai commis une indiscrétion que vous ne me reprocherez, ni Pascal ni toi, puisqu'elle a chassé mes derniers scrupules.

— Tu as lu la lettre de Pascal tandis que je dormais?

— Oui.

— Je le savais. Je l'ai écrit à Pascal.

— Alors tu ne dormais pas?

— Si, si, mais ayant laissé ma lettre ouverte, je l'avais trouvée repliée.

— C'est vrai !

— Ainsi tu aimes Pascal, ton Pascal, mon Pascal, Madeleine?

— Je l'aime profondément, irrésistiblement. Je suis certaine de ne pas me tromper, d'aimer qui m'aime! Je me sens depuis cette lecture, depuis que j'ai vu s'enflammer le cœur de Pascal, à la fois fière et attendrie. Tu me vois glorieuse de ma conquête, exaltée, ravie, heureuse. Au milieu d'impressions qui toutes me charment et me tiennent en contentement de moi, de Pascal, il se chante en ma poitrine un hosanna solennel à l'amour et à la France. La patrie reconnaissante m'appelle! »

Je pris les mains de Madeleine. Nos nerfs,

longtemps surexcités, se détendirent dans une conversation toute frémissante de joie et de confiance.

« J'ai rêvé que tu épousais Jeanne Mamert, me dit tout à coup Madeleine, en me parlant de la mort de ton oncle.

— Moi aussi, j'ai rêvé cela, répondis-je ; tu m'aideras à consoler la filleule du vieux Mamert.

— Je t'aiderai à la consoler en te faisant aimer d'elle. Je la veux pour sœur, ajouta Madeleine. »

Notre mère revint tard du palais Bruzella. Elle était mécontente, désolée.

« Les parents de Spedone refusent de le laisser nous accompagner, dit-elle.

— Pardon, c'est Madeleine qui défend au cousin de nous suivre, répliquai-je.

Hélas ! hélas ! » s'écria notre pauvre mère.

Nous serons à Paris dans quatre jours. Je t'enverrai une dépêche et tu nous attendras à la gare. Madeleine te prévient qu'elle se jettera dans tes bras, mais elle ajoute que ton devoir est de lui apparaître immobile, changé en statue du bonheur !

JEAN, ton frère !

FIN.

PARIS. — Impr. J. CLAYE. — A. QUANTIN et Cᵉ, rue St-Benoît.

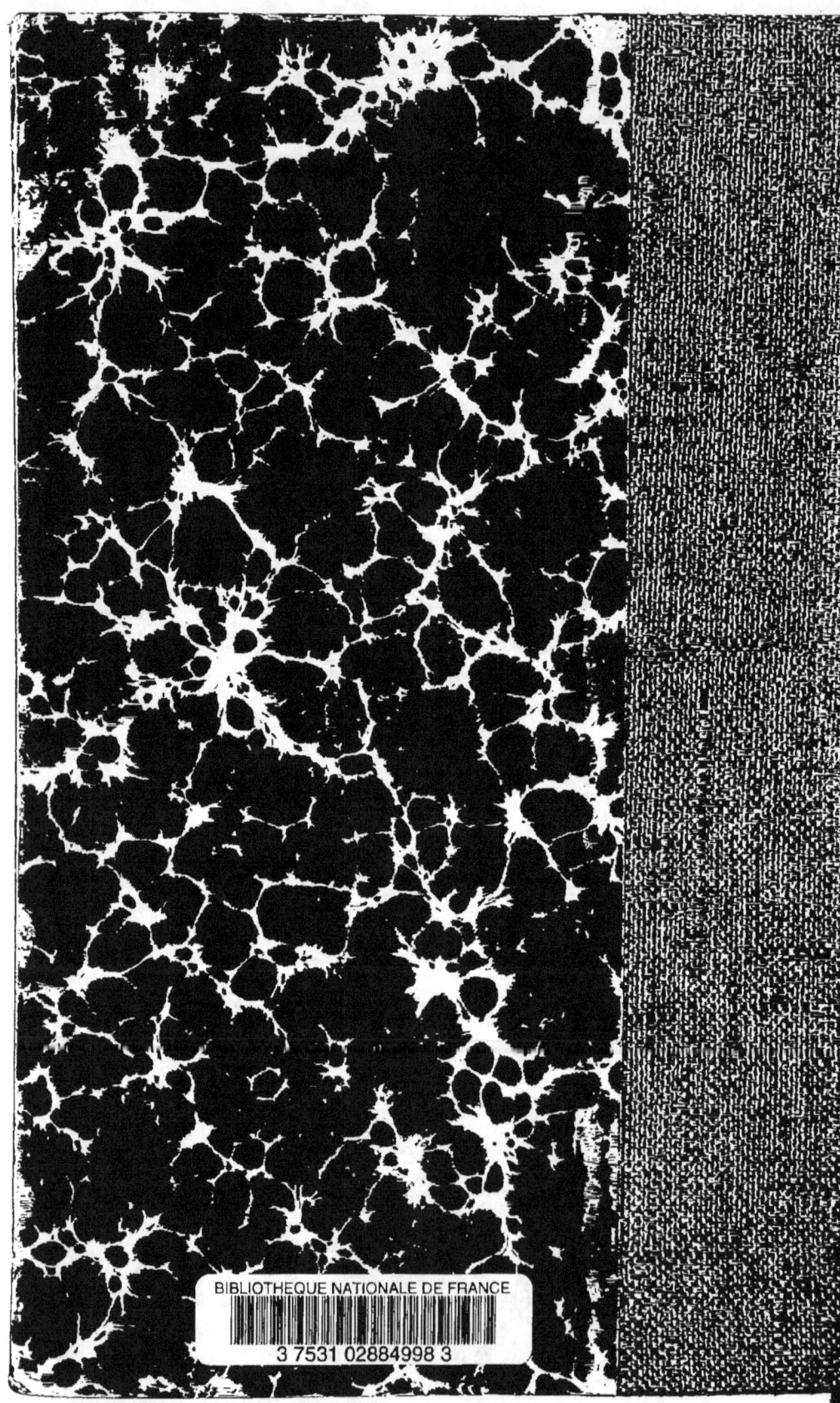

www.ingramcontent.com/pod-product-compliance
Lightning Source LLC
Chambersburg PA
CBHW050318030726
47505CB00003B/756